사랑은

모든 걸

이기니까요

정홍수
지음

FIKA

목차

사랑이 내게 가르쳐준 것들

바쁘게 지내는데 딱히 이룬 건 없고, 별로 행복하지 않다고, 이렇게 사는 게 맞는지 고민된다는 사람이 있었다. 그는 말했다. "남들이 하는 만큼 하고 사는데 제자리인 것 같고, 제가 너무 많은 걸 바라나 싶어요. 포기할 건 포기하는 게 낫지 않나요?"

나는 말했다. "너무 열심히 살아서 지친 거예요. 잠시 쉬었다가 다시 일어나요. 그리고 진짜 원하는 인생을 살아요. 살아 있는 한 당신은 무엇이든 할 수 있어요." 장담

하듯이 자신의 인생을 낙관하는 나를 보고, 황당하면서도 기분이 나아지는지 그는 미소를 띠면서 말했다. "제가 할 수 있을까요?" 물론이다. 마음만 먹으면 누구나 원하는 인생을 살 수 있다.

나도 그 시기를 거쳤다. 과거에는 행복한 날보다 불행한 날이 많았고, 미래를 생각하면 암담했다. 왜 나를 이런 세상에 태어나게 했냐고 하늘을 원망한 적도 있다. 아무리 손을 뻗어도 잡히지 않는 게 있었고, 마음에 허기 같은 공허가 있었다. 어둠에 짓눌리면 사람들을 차갑게 대했고, 세상을 비관했다. 그러면서도 저 아래 무언가가 마음을 계속해서 두들겼다. 기대해봤자 나만 힘들 거란 생각에 덮어뒀지만 사라지지 않은 것들. 어릴 적 이루지 못한 꿈, 진짜 좋아하는 일을 하면서 열정적으로 사는 삶, 나의 행복을 위해 인생을 바치는 것, 세상에 가치를 더하는 사람이 되는 것, 사랑하는 사람과 끝내주게 행복하게 사는 것.

문득 이런 생각이 들었다. 오늘이 내 인생의 마지막이라면, 진짜 하고 싶은 것을 하지 않을까? 만약 그날이 오늘이라면? 프란츠 카프카는 말했다. "죽음에 대한 준비는 단 하나밖에 없다. 훌륭한 인생을 사는 것이다." 나의 가슴에 답이 있는데, 무엇 때문에 망설이는가. 내 발목을 잡은 건 나를 둘러싸고 있는 환경, 외부의 시선. 아니, 스스로 믿지 못하는 마음이었다.

카만드 코조리는 말했다. "너의 목소리를 잊고, 노래하라. 너의 삶을 잊고, 살라." 그렇다. 지난날이 무엇하랴, 앞날이 살아서 내게로 온다. 길은 가지 않으면 어디로 이어질지 알 수 없다. 나는 그 길로 한 발짝 내딛기로 했다. 세상의 기준이 아니라 나의 기준으로, 내 삶을 살아보자고 마음먹었다.

우선 일. 십여 년간의 직장 생활을 끝내고 사업을 시작했다. 삶의 어려움을 극복한 노하우를 많은 사람에게 알리고 싶었다. 그것이 내가 죽음을 무릅쓰고 마지막 날까지 하고 싶은 일이다. 그렇게 말하기를 교육하면서 수백만 명을 만났고 함께 꿈을 이루고 있다. 그리고 더 많은 사람에게 닿기 위해서 유튜브와 방송을 하고 글을 쓰고 있다.

다음은 틈. 일과 일 사이의 공백을 사랑하는 것들로 채워갔다. 나를 마주하게 하는 책, 나를 품어주는 산, 나를 단단하게 하는 달리기, 나를 웃게 하는 사랑하는 가족과 친구. 사랑하는 것에 집중했더니, 이 세상에 내가 또 사랑할 수 있는 건 무엇이 있을지 궁금했다. 먼 곳으로 여행을 떠나고, 멀리서 바라만 봤던 사랑을 적극적으로 표현하고 있다.

　사랑은 전에 없던 용기를 주었고, 삶을 뜨겁게 사랑하게 했다. 나의 세상은 이전과 완전히 다른 모습이다. 수없이 많은 날을 괴로워했는데, 이제는 수없이 많은 날을 행복해한다. 이 행복은 나를 사랑하는 것에서부터 출발했다.

　세상은 여전히 혐오와 비난, 결핍과 분노가 곳곳에서 몸집을 키우고 있다. 아마 당신은 열심히 살다가도, 과거의 나처럼 힘들어 주저앉고, 슬픔을 기댈 곳이 없어 외롭고, 거친 세상을 살아가는 게 힘에 부칠 때가 있을 것이다. 나 역시 그럴 때가 있다. 그럴수록 우리가 꼭 쥐고 있어야 하는 가치가 있다. 바로 '사랑'이다. 사랑은 모든 걸 이기니까.

우리의 인생을 행복하게 하는 열쇠는 사랑이다. 사랑으로 더 자주 행복을 느끼면서 원하는 인생을 살 수 있다. 나는 당신에게 그 방법을 알려주기 위해서 이 책을 썼다. 오직 당신의 행복만 바라면서. 당신을 위해, 아주 진솔하고 사랑을 담아, 처음으로 내 이야기를 꺼냈다. 미리 당신에게 고마움을 전한다.

이 책을 쓰면서 나는 지난 모든 날을 그 자체로 감사하게 됐다. 나를 이루는 뾰족하고 부서진 것, 예민하고 연약한 것조차 소중해졌다. 이 모든 걸 사랑으로 이겨내고 당신에게 이야기할 수 있어서 얼마나 기쁜지 모른다. 그날들이 있기에 우리가 만난 게 아닌가! 당신도 이 책을 읽고 나면 당신의 모든 걸 사랑하게 될 것이다. 그래서 나는 당신에게 이 책을 바친다.

지금부터 당신의 인생이 사랑으로 찬란해지는 여정을 시작한다. 살아 있는 모든 날 모든 순간이 사랑할 기회다. 숨을 들이켜고, 편안한 마음으로 (이왕이면 기대하는 마음으로) 책장을 넘기기를 바란다. 책을 덮을 때는 가슴에 가득

한 사랑을 만날 것이다. 미소가 나오지 않는가? 좋다. 그
것만으로 준비는 끝났다. 그럼 출발하자!

각자의 사랑이 가득하길 바라며

정흥수

＊

01

사랑,
더 살고 싶어지는
마음이 드는 것

해외에서 한 달을 살면 제일 먼저 무엇을 챙길 것인가.
22킬로그램 캐리어에 꾹꾹 눌러서 담아갈 것.
그것이 내가 가장 사랑하는 것들이다.
그것만으로도 우리는 충만하게 살아갈 수 있다.

희망을
목격하다

체코 프라하다. 택시 뒷좌석에 앉아 숙소로 향한다. 블타바강을 바라보면서 설렘이 치솟는다. 앞으로 한 달간 내가 달릴 강이구나. 낯선 땅을 밟으니 낯섦에 익숙함을 느낀다.

프라하에 가기 전 친구가 뭘 가장 기대하는지 물었다. "말하지 않는 거?" 나의 기대는 실현됐다. 내가 하는 말이라곤 음식을 주문하고, 계산하고, 고맙다고 하는 정도다. 필수 생존 회화랄까. 식당에서 음식을 기다리면서 어떻게 글을 쓸지 궁리한다. 사람들의 웃음 섞인 대화가 들리지만 알아들을 수 없다. 체코어다. 헤드폰을 끼고 음악을 듣지 않아도 순식간에 몰입한다. 지금부터 나는 말하지 않는 즐거움과 글 쓰는 고통과 기쁨을 누린다. 마음껏 글로 말하고, 마음껏 고독하고, 마음껏 자유롭다.

말없이 글 쓰는 일을 오래 견디는 게 작가의 자질이라면 나는 기꺼이 해낼 수 있다. 첫 책《말 잘한다는 소리를 들으면 소원이 없겠다》를 쓰면서 알았다. 제주도에 들어가 두 달간 초고를 썼다. 그때도 생존 회화만 했다. 말하지 않을수록 기쁨은 커졌다. 초고를 다 쓰고 출판사에 넘기고 감격했다. 그동안 얼마나 행복에 파묻혀 글을 썼는가. 작가는 글을 쓸 때 침묵할 권한을 갖는다. 나는 그게 좋아서 평생 작가로 살겠지, 예감했다.

어려서부터 조용하고 낯을 가렸다. 친구를 좋아해서 옆에 다가갔지만, 내 이야기를 하기보다는 친구의 이야기를 듣는 게 좋았다. 말을 잘하는 친구가 신기했다. 자기 생각을 말하고, 감정을 표현하고, 앞에 나가서 발표하는 친구를 보면 나와 다른 종족 같았다.

대학생 때 교환학생으로 간 러시아에서 특이한 아저씨를 만났다. 아저씨는 사십 대였는데, 나와 또래처럼 지냈고, 어르신에게는 살가웠다. 나는 어른을 불편해했는데, 아저씨와는 잘 지냈다. "어떻게 하면 아저씨처럼 말할 수 있어요?" "신문을 읽으면 똑똑해져." 똑똑해지면 누구와도 말을 잘할 수 있구나. 그러면 나도 아저씨처럼 사람들과 잘 지낼 수 있겠지. 집에 돌아와 신문을 펼쳤는데, 도통 무슨 말인지 모르겠다. 신문을 만드는 곳에 가면 신문과 친해질 수 있을 거야. 대학을 휴학하고 신문사 사회부 보조로 들어갔다. 나는 일기예보 지면을 맡았다. 기상청에서 날씨 정보를 얻어 지도 위에 우산과 태양을 그려 넣고 온도를 썼다. 내가 쓴 기사가 인쇄된 신문지를 보니 뿌듯했다. 다음 날 아침 독자에게 전화가 왔다.

　"비 온다며! 왜 비가 안 내려, 죽을래?" 수화기에서 욕설이 울렸다. 처음에는 예보가 엇나가서 속상한가 싶어 사과했다. 하지만 하루가 멀게 욕설을 퍼붓는 전화가 빗발쳤다. 더 이상 참을 수 없었다. "여기 서울 정동이다. 전화 그만하고 이리 와! 딱 기다리고 있을 테니까!" 소리를 질

러버렸다. 후련했다.

각박한 세상. 매일 신문과 뉴스에는 사건 사고가 넘친다. 좋은 소식은 거의 없고, 나쁜 소식만 가득하다. 기자들이 힘들게 취재하면 뭐하나. 세상은 바뀌지 않는다. 절망적이다. 나는 화가 났다. 전화를 기다리는 지경이 됐다. 또 전화벨이 울렸다. 그리고 이 전화로 내 삶이 뒤바뀌었다.

"제가 돈이 없어서 그런데, 중고 책도 기부할 수 있나요? 소년 소녀 가장에 대한 기사를 봤어요. 제가 돕고 싶어서요. 어릴 때 공부했던 전과가 있는데, 아이들한테 전해줄 수 있나요?" 나는 순간 할 말을 잃었다. 수화기를 내려놓고 알 수 없는 감정에 휩싸였다.

그 전화를 시작으로 기부를 원하는 사람들의 문의가 며칠째 계속 왔다. 회사에서는 계좌를 만들어 독자의 마음을 아이들에게 전달했다. 그때 내 안에 무언가가 피어났다. 이 세상은 절망으로 뒤덮인 게 아니다. 어딘가에 희망이 남아 있다. 내 안에 피어난 것은 희망이었다. 내가 본 희망을 사람들에게 보여주고 싶었다. 세상은 아직 살

만하다고, 희망이 있으니 조금 더 힘을 내자고 말하고 싶었다. 세상에 무언가를 말하고 싶은 것은 처음이었다.

나는 아나운서가 되기로 했다. 방송을 통하면 직접 만나지 못하는 사람에게도 닿을 수 있으니까. 정보를 알수록 삶에 보탬이 된다. 비가 온다고 하면 사람들은 우산을 써서 비를 맞지 않을 수 있고, 농가는 비닐하우스를 단단하게 설치해 농작물을 보호할 수 있다. 그것은 희망일 것이다. 말이 없던 내가 희망을 전하기로 한 순간부터 용기가 났다. 그렇게 나는 앵커가 됐다.

어느 여름, 지팡이를 짚은 칠십 대 남성이 방송국에 찾아왔다. 홍수 피해로 물에 잠긴 집마다 구제금을 준다고 해놓고 구청은 늑장을 부렸다. 이 사태를 꼬집는 뉴스를 보도했고, 구청은 곧바로 구제금을 지급했다. 그는 연신 고개를 숙이면서 감사 인사를 전했다. "뉴스 덕분에 이제 집에서 잘 수 있어요. 정말 고맙습니다." 그는 주름진 얼굴로 환히 웃으면서 돌아갔다. 나는 분장실에 들어가 울었다. 그냥 모든 게 다 고마웠다.

세상은 사건 사고가 끊이지 않고, 아직도 전쟁 중이다.

그리고 우리도 저마다의 전쟁을 치르고 있다. 그러나 나는 분명히 안다. 세상이 그러해도 희망이 존재한다는 것을. 막막할 때 희망은 어둠에 덮여 보이지 않는다. 그러나 희망은 사라지지 않는다. 희망은 감히 어둠 따위가 없앨 수 있는 게 아니다.

나는 밝은 곳에서 손을 내밀어 사람들을 빛으로 이끌고 싶다. 막막할 때 알맞은 조언을 건넨 아저씨처럼, 형편이 어려워도 자신의 것을 나눈 독자처럼, 고맙다고 말하기 위해 불편한 걸음으로 찾아온 시청자처럼 나도 누군가에게 힘이 되고 싶다. 나는 사람들이 희망을 품기를 희망한다. 희망을 품은 후 나의 세상은 달라졌으니까. 희망이 없던 시절보다 만 배는 더 행복하니까. 많은 사람이 이 행복을 느끼면 좋겠다.

여전히 나는 말하는 것을 좋아하지 않는다. 그럼에도 끊임없이 말한다. 강연과 방송 그리고 책을 통해서. 오직 희망을 전하기 위해서다. 내가 하고 싶은 말은 이것뿐이다. "아직 세상은 살 만하다. 그러니 희망을 갖자. 우리가 더 나은 세상을 함께 만들어보자."

프라하식 돈가스인 슈니첼이 나왔다. 프라하의 첫날 밤을 환영하는 맛, 시간이 흘러 프라하를 생각나게 할 맛이다. 사장님께 고마움을 전하기 위해 번역기를 돌린다. "Je to velmi delikátní(정말 맛있어요)." 몇 번을 들어도 발음이 어렵다. 카드를 건넨 뒤 수줍게 엄지손가락을 세운다. 사장님도 엄지손가락으로 화답한다.

생존 회화만으로도 희망을 전할 수 있다. 가게 문을 열고 나오자 3월의 차가운 바람이 얼굴을 스친다. 상쾌하다. 희망을 전하는 전사가 된 기분이다. 이 책은 희망에서 태어나 독자의 삶에 빛으로 존재할 것이다. 희망의 빛. 갑시다, 우리. 희망의 세계로. 제 손을 잡아요.

사랑하는 것들로
삶을 채우다

해외에서 한 달을 살면 제일 먼저 무엇을 챙길 것인가. 짐은 22킬로그램 캐리어 하나만 가져갈 수 있다. 나는 책이다. 먼 길을 떠날 때면 무슨 책을 고를지 고민한다. 즐거운 고민이다. "어떤 책을 가져갈까나. 룰루랄라." 요즘은 오디오북과 전자책이 있지만, 나는 종이책을 읽는다. 감탄이 나오는 문장에 밑줄을 긋고, 그 순간에 떠오른 생각과 다짐, 날짜를 적는다. 다시 읽을 때 과거의 생각도 함께 볼 수 있어서 즐겁다.

신형철의 《인생의 역사》에 보면 "인간은 이상하고 인생은 흥미롭다. 이 진실에 충분히 섬세한 작품을 선호한다. 그런 작품들로 인생을 공부해왔으나 아직도 무지하고 미숙하여 나는 다급하다. 인생에 대해 별말을 해주지 않는 작품까지 읽을 여유가 없다"라는 문장이 있다. 나는 이 문장에 밑줄을 긋고, 별을 세 개를 그리고, '문학을 읽는 이유'라고 썼다. 그리고 다짐했다. '인생에 대해 별말을 해주는 책만을 읽겠다.' 이 책에는 내가 밑줄을 그은 문장이 수두룩한데, 충격을 안긴 문장이 있다.

"기타노 다케시는 말했다. '5,000명이 죽었다는 것을 '5,000명이 죽은 하나의 사건'이라고 한데 묶어 말하는 것은 모독이다. 그게 아니라 '한 사람이 죽은 사건이 5,000건 일어났다'가 맞다.' 이 말과 비슷한 충격을 안긴 것이 히라노 게이치로의 다음 말이었다. '한 사람을 죽이는 행위는 그 사람의 주변, 나아가 그 주변으로 무한히 뻗어가는 분인끼리의 연결을 파괴하는 짓이다.' 왜 사람을 죽이면 안 되는가. 누구도 단 한 사람만 죽일 수는 없기 때문이다. 살인은 언제나 연쇄 살인이기 때문이다. 저 말들 덕분에 나는 비로소 '죽음을 세는 법'을 알게 됐다."

이 문장 덕분에 나는 비로소 '생명을 세는 법'을 알게 됐다. 나는 이 마음으로 수업에 임한다. '500명과의 2시간 수업'이 아니라 '한 사람의 2시간이 모인 1,000시간, 나아가 이 사람의 주변으로 무한히 뻗어가는 연결까지 영향을 미치는 수업'이다. 무대에 오르면 '청중'이라는 한 무리가 아니라 청중 속 '한 사람'이 눈에 들어온다. 한 사람의 시간, 목숨, 인생이 온 것이다. 이러한 한 사람이 모인 수백 명이 한 공간에 있다는 것에 나는 커다란 책임감과 감동을 느낀다.

신경숙의 《깊은 슬픔》에 "나는 그렇게 되어버렸지. 어느 날 우연히 내 눈을 거울에 비춰보다가 언젠가 네가, 네 속눈썹을 세어봤는데 마흔두 개야, 했던 말이 생각나면 그 생각 하나로 세상을 다 얻은 듯이 살아가지. 그걸 세어볼 정도면 너는 틀림없이 나를 사랑한다 여겨지기에"라는 글을 보고 생각했다. 그렇지. 사랑은 이런 거야. 사랑한다는 말을 이렇게나 섬세하게 표현할 수 있구나. 사랑하는 사람이 이런 말을 해주면 좋겠다 싶다가 내가 하자,

다짐했다.

책은 내 품에 들어와서 나만의 책으로 재탄생한다. 우리 집 서재에 들어서면 책장이 바로 보이는데, 제일 먼저 눈에 들어오는 칸에 고전문학이 꽂혀 있다. 이 앞에서 나는 숨을 들이켠다. 마치 잣나무 숲에 온 것처럼. 《그리스인 조르바》, 《데미안》, 《오만과 편견》, 《호밀밭의 파수꾼》, 《위대한 개츠비》, 《노인과 바다》, 《설득》, 《크눌프》, 《브람스를 좋아하세요…》, 《싯다르타》, 《이반 일리치의 죽음》, 《변신》, 《수레바퀴 아래서》.

나는 소설을 좋아한다. 소설을 읽는 순간 다른 세계로 빨려 들어간다. 헤르만 헤세의 《데미안》. 고등학생인 데미안은 수업 시간에 미동도 없이 한곳을 바라본 채 앉아 있다. 교실 창문으로 들어온 파리가 이마에 앉아도 개의치 않고 마치 몸은 껍데기인 것처럼 꿈쩍하지 않는다. 뒷자리에 앉은 싱클레어는 알아챈다. "데미안은 지금 자신의 내면으로 침잠해 있다." 경탄의 모습으로 바라보는 이 장면에서, 나는 싱클레어 옆자리에 앉아 함께 데미안을 바라본다. 내면으로 들어가 나를 만나는 것이 얼마나 중대한 일인지 깨우친다.

소설 중에서도 고전문학을 사랑한다. 이유는 단 하나, 믿을 만해서다. 수백 년을 뛰어넘어 살아남은 책이다. 시간과 장소를 가리지 않고 전 세계인에게 울림을 주는 책이라면 신뢰할 수 있지 않겠는가. 불안한 인생에서 허우적대는 나에게 인생이 무엇인지 알려준다면, 책이 말하는 바를 진리라고 믿고 싶지 않겠는가. 내가 안고 있는 고민과 방황, 불안은 연약한 인간이기에 마땅한 것이고, 그 고민이 실존의 의미를 찾는 길이라고 말하는데, 어찌 사랑하지 않을 수 있겠는가. 게다가 주장하는 대신 정성껏 이야기로 만들어 등장인물을 통해 진리에 이르게 한다.

《그리스인 조르바》는 진정한 학교는 경험이라는 것을, 《데미안》은 자신을 마주할 것을, 《오만과 편견》은 타인을 온전히 볼 것을, 《호밀밭의 파수꾼》은 중요한 것을 지키기를, 《위대한 개츠비》는 사랑의 깊이를, 《노인과 바다》는 의연함을, 《설득》은 상대를 헤아릴 것을, 《크눌프》는 만족을, 《브람스를 좋아하세요…》는 사랑의 이면을, 《싯다르타》는 나의 길을 걷기를, 《이반 일리치의 죽음》은 인간의 이기를, 《변신》은 고뇌하는 자아를, 《수레바퀴 아래서》는 어린 시절의 빛을 말한다. 이 책들은 나를 이루는 요소다. 고전문학 책장 앞에서 숨을 들이마시는 이유다. 책이 품은 진리를 흡수하고 싶은 몸짓이다.

나는 문학 집필 출장을 갈 때 열 권 정도를 챙긴다. 그 이상은 무겁고, 그것보다 적으면 불안하다. 《아버지에게 드리는 편지》, 《달리기를 말할 때 내가 하고 싶은 이야기》, 《먼 북소리》, 《슬픔을 공부하는 슬픔》, 《직업으로서의 소설가》, 《명랑한 은둔자》, 《만일 내가 인생을 다시 산다면》, 《참을 수 없는 존재의 가벼움》, 《변신》. 이번 프라하 출장에 함께한 책들이다. 제목만 봐도 설렌다. 반듯이 누워 있는 책 한 권에 얼마나 심오한 진리가 담겼는가. 이 책들에 둘러싸여 있다니, 나는 행복한 사람이다. 보기만 해도 단번에 기분 좋아지는 게 있다는 건 행복한 일이다.

창작의 고통에 짓눌리다가 시선을 돌리면 책들이 있다. 이럴 때는 책이 숨구멍이다. 집필할 때마다 고통에 갇힌다. 책이 잘될수록 아이러니하게도 작가로서 나는 작아진다. 나의 못난 구석이 크게 보인다. '내 글은 쓰레기야.' 첫 책을 쓸 때부터 줄곧 떠나지 않는 좌절. 그러다가 글이 쓰이면 눈물을 흘리기도 하고, 깔깔거리면서 웃기도 한다. 온전한 정신을 지탱하기 위해서라도 위대한 책이 필요하다.

'나도 언젠가 이런 좋은 글을 쓸 수 있을 거야. 나의 글이 누군가에게는 좋은 글일 수 있어. 열심히 쓰자. 아니, 그냥 쓰자. 잘 쓴 글 말고 나의 글을 쓰자. 쓰다 보면 점차 좋아질 거야!' 긍정의 생각을 심는다. 작가 중에는 데뷔작부터 세상을 놀라게 한 인물도 있지만, 꾸준히 실력을 쌓으며 발전한 사람이 훨씬 많다. 나도 그럴 것이라고 믿는다. 지금의 고통은 작가로서 꼭 필요한 과정이다. 책을 낼 수 있는 것만으로 감사하다. 한 명에게라도 좋은 글이라면 더할 나위 없다. 은유는 말했다. "좋은 글을 쓰는 사람은 '거의 다' 좋은 책을 읽었다." 글을 쓰는 나의 여정에는 좋은 책이 필요하다, 반드시.

공항에서 수하물 초과 비용을 냈다. 자주 있는 일이다. 어쩔 수 없다. 한 달 짐에 옷은 일주일 치밖에 없다. 무게를 차지한 건 책이다. 엄선해 고른 책들이라 뺄 게 없다. 타국에서 한국어로 된 책을 살 수도 없고, 있다고 해도 내가 쓴 글과 밑줄을 그은 책은 내 것이 유일하다. 친구는 짐을 보더니 전부 책이냐면서 전자책을 하나 장만하란다. 책을 읽지 않는 친구다. 이럴 때 우리 사이에는 넘을 수 없는 강이 존재한다.

이 캐리어 하나만 열어보면 내가 무엇을 좋아하고 아끼는지 알 수 있다. 22킬로그램 캐리어 하나면 거뜬히 살 수 있다. 인생이 조금 더 단순해져도 괜찮겠다. 여행을 떠날 때마다 짐은 더 줄어들 것이다. 그곳에서도 책을 사서 와야 하기 때문이지. 아직 만나지 못한 사랑할 책이 많이 남아 있다는 것이 얼마나 다행인가. 나이가 들수록 나의 짐은 더 줄어들겠지. 사랑하는 것들로 채워진 삶에 또 사랑할 것이 들어올 공간이 필요하니까.

가장 사랑하는 것은
'나 자신'

"집안 꼴이 이게 뭐니." 드라마 속 어머니가 자식 집에서 널브러진 옷을 주우며 한심한 듯 말한다. 드라마와 우리 집은 반대다. 어머니는 말한다. "딸, 집이 반짝반짝하네." 공인중개사는 말한다. "20년간 본 집 중에서 제일 깨끗해요." 놀러 온 친구는 말한다. "집 치우느라 고생했겠다." 더 자주 놀러 온 친구는 말한다. "얘네 집은 맨날 이래." 우리 집은 깔끔하다. 내가 있는 곳은 다 그렇다.

나는 3년간 에어비앤비 숙소를 운영했는데, 5.0점 만점 호스트였다. 여행을 가면 에어비앤비 숙소를 자주 이용하는데, 5.0점 숙소에만 간다. 만점을 받는 데는 이유가 있다. 그래도 지저분한 데가 눈에 띄면 청소한다. 에어비앤비는 게스트와 호스트가 서로를 평가하는데, 나는 5.0점 만점 게스트이기도 하다. 호스트들은 후기에 쓴다. "방을 안 쓴 것처럼 깨끗해요. 베리베리 원더풀 게스트예요!" 호텔에 묵을 때도 비슷하다. 이불을 쫙 펼치고, 샤워 후 바닥에 떨어진 머리카락을 쓰레기통에 버린다. 말끔한 상태를 유지하는 것, 내가 나를 사랑하는 방식이다.

가끔 사람들과 주말에 무엇을 했는지 이야기하면 대청소를 했다는 사람이 있다. 나는 대청소를 하면 어떤 걸 하는지 묻는다. 빨래하고, 닦고, 쓸고, 버렸다고 한다. 빨래 빼고는 내가 매일 하는 일이다. 일상의 청소와 조금 다른 게 대청소라면, 여행 떠나기 전날의 청소를 들 수 있다. 짐을 싸면서 필요 없는 물건을 정리한다. 안 입는 옷도 내놓는다. 구석에 조금 쌓인 먼지도 닦고, 내친김에 의자를 밟고 올라가 옷장과 책장도 닦는다. 다시 한번 안 쓰는 물건을 골라낸다. 마지막으로 언제 썼는지 기억이 안 나면, 안

녕. 끝으로 청소기 먼지 통과 분리수거함, 쓰레기통을 비운다. 정리할 게 없어서 청소는 몇 분 안에 끝난다.

여행지에서 돌아오면 피로 누적 상태인 나를 깨끗한 집이 반긴다. 그 어느 곳보다 집이 최고라고 느끼는 순간이다. 그제야 진짜 돌아왔구나 실감한다. 짐은 곧장 정리한다. 빨래는 보통 여행지에서 해서 어제오늘 입은 옷만 빨래통에 담는다. 욕조에 뜨거운 물을 받는다. 물이 채워지는 동안 캐리어 속 물건을 제자리에 놓는다. 책을 들고 욕조에 들어간다. 반신욕에는 소설이지. 뜨거운 물이 처음 몸에 닿는 순간 못 견디게 간지럽고 따갑다. 이걸 참고 견딜 때 비로소 어른이 된 기분이다. 어릴 때는 뜨겁다며 엉덩이를 문지르고, 몇 번이나 욕조 밖으로 뛰쳐나갔는지.

정리는 나의 특기다. 초등학교 4학년 때였다. 담임 선생님이 말했다. "흥수는 걸레를 정말 예쁘게 접는구나." 나는 걸레를 쥔 채 선생님의 칭찬에 가슴이 뛰었다. 신발장 정리를 맡으면 친구들의 신발을 일정한 간격대로 놓고, 떨어진 흙을 말끔히 치웠다. 선생님은 반짝이는 신발장을 보라며 친구들 앞에서 나를 크게 칭찬했다. 칠판을 지울 때도 분필 가루 하나 놓치지 않고 닦았다. 교실이 내 손으로 깔끔해지는 모습을 바라보면서 나는 내가 잘하는 게 있다는 사실에 가슴이 부풀었다.

내 방은 내가 정리했다. 거실에 엄마들이 모이면 어머니는 말했다. "우리 딸은 자기 방을 자기가 정리해요. 얼마나 깨끗한지 몰라요." 칭찬받는 게 좋아서 계속 정리했고, 습관이 됐고, 정리왕이 됐다. 기분이 가라앉을 때도 정리했다. 책상 서랍 속 물건을 모조리 꺼내서 새롭게 분류했다. 옷장에 옷도 다 꺼내서 색깔이나 계절별로 걸고, 책은 크기나 장르별로 꽂았다. 가구의 위치를 바꿔서 새로 분위기를 내기도 했다. 부모님 방과 오빠 방, 부엌, 거실까지 범위를 넓혔다. 집 안의 물건이 전부 어디 있는지 아는 사람은 나뿐이었고, 가족은 물건을 찾을 때면 나를 불렀고, 이사를 가면 내가 이삿짐 사장님과 물건의 위치를 잡았다.

사람들은 내게 "어쩜 그렇게 말을 잘해요?"라고 하는데, 사실 내가 제일 잘하는 것은 '정리'다. 말하기는 각고의 노력을 했다면, 정리는 저절로 통달했다. 나는 모두가 말을 잘하는 날이 어서 오기를 손꼽아 기다린다. 그때가 오면 정리를 잘하는 방법을 알리고 싶다. 말하기 실력이 는 건 정리 실력 덕분이라고 나는 믿는다. 말하는 목적을 명확히 하기 위해서는 생각을 정리하고, 상대가 이해하도록 정리해서 말해야 한다. 말하기에 정리 실력까지 갖추면 한 개인의 성장에 막대한 영향을 미칠 것이다.

정리는 습관이다. 집의 상태를 가장 깔끔하게 정리해두면 유지하기 쉽다. 물건에 자리를 정해놓으면 정리가 잘된다. 이런 집은 매일 조금만 청소해도 반짝거린다. 정리가 먼저 청소는 그다음이다. 나는 청소를 위해서 따로 시간을 내거나 세제를 쓰지 않는다. 일어나자마자 모든 창문을 열고 환기한다. 샤워할 때 분홍색 물때가 보이면 칫솔질을 하고, 바닥에 물을 뿌려 머리카락을 한데 모은다. 거울에 튄 물방울은 유리 닦기로 닦는다. 화장실을 나올 때 물기가 마르도록 젖은 슬리퍼는 문지방에 세워두고, 문은 열어둔다. 머리카락은 주워서 다용도실에 있는 쓰레기통에 버린다. 바닥에 머리카락이 떨어져 있으면 간단히 청소기를 돌린다. 집에서 나갈 땐 창문을 닫는다. 이것을 매일 반복한다. 그래서 대청소를 하지 않아도 집은 늘 깨끗하다.

나는 다른 집에 놀러 가면서 내 정리 실력이 뛰어나다는 것을 알게 됐다. 친구와 가족은 정리가 안 되는 집 때문에 골치 아파했다. 나는 정리할 게 생겨서 신났고, 한편으로는 도와줄 수 있어서 기뻤다. 친구와 가족의 집을 열 채 넘게 정리했다. 한번은 새언니가 집이 좁아서 정리가 안 된다길래 내가 나섰다. 가장 중점을 둔 것은 '공간 분리'였다. 새언니, 오빠, 조카가 각자 쓸 방을 정하고, 모든 물건과 가구를 재배치했다. 사람은 자기만의 공간이 필요하다. 침대를 벽에서 떼어 사람이 양옆으로 나가게 했고, 그 옆에 핸드폰이나 책을 올려놓는 스툴을 뒀다. 각자의 공간을 만들면 마음에도 공간이 생긴다. 베란다 입구를 가로막는 서랍장은 안쪽으로 붙여서 통로를 시원하게 했다. 나머지 가구도 햇살이 잘 들고 사람이 움직이기 편하고 넓게 쓰도록 자리를 바꿨다. 화장품과 드라이기는 욕실 수납장에 넣어서 방에 머리카락이 날리지 않도록 했고, 기존 화장대는 책상으로 활용했다. 이것만으로 안방이 밝고 넓어졌다. 일주일이 걸려서 집 정리를 마쳤다. 새 언니는 깔끔해진 집을 보더니 말했다. "아가씨는 제 구원자예요."

"집에 물건이 별로 없네요." 우리 집에 오는 사람들이 자주 하는 말이다. 그럴 리가. 있을 건 다 있다. 모두 수납장에 가지런히 들어가 있다. 나는 물건을 망가질 때까지 쓰는데, 거의 안 망가진다. 조심히 다루지도 않는데, 요즘 물건은 튼튼하다. 이 글을 쓰는 노트북은 맥북에어 초기 모델(사과에 불이 들어온다)인데, 10년이 넘었다(고장이 난다면 마음이 쓰릴 것이다. 내 친구 맥북에어). 옷은 구멍이 날 때까지 입는다. 제 몫을 다 해낸 옷을 볼 때의 뿌듯함이란! 예뻐서 사고 싶은 기분을 잘 모른다. 나에게 옷이란 기능이다. 더울 때 땀을 잘 배출하고, 추울 때 체온을 유지해야 한다. 이미 이런 옷이 충분히 있다. 화장품은 다 쓸 때쯤 새것을 산다. 튜브형 로션이나 선크림은 반으로 잘라서 안쪽까지 긁어서 쓴다. 한번 잘라보면 얼마나 화장품이 많이 남아 있는지 놀란다. 치약도 잘라봤는데, 빨리 굳어버려서 손으로 아무리 짜도 안 나올 때쯤 자른다. 사재기란 없다. 선물을 받으면 바로 쓰고, 주변에 나눈다. 음식은 냉장고가 텅 비워지면 산다. 쓰레기통은 온 집을 통틀어 하나만 쓴다. 일반 쓰레기통 하나, 분리수거함 하나. 쓰레기를 안 만들겠다는 결심이다. 물건은 직접 가서 사는 편이고, 포장지나 박스는 매장에서 처리한다.

정리는 삶의 목적을 뚜렷하게 하는 데 의의가 있다. 집을 주인에게 맞추는 것이다. 나는 어떻게 살기를 원하는가. 인생에 중요한 것은 무엇인가. 매일 반드시 지니고 다닐 물건은 무엇인가. 무엇에 집중하기를 원하는가. 삶의 기준에 따라 집을 정리한다. 한마디로 정리는 목표 달성을 위한 실행이다. 그렇게 집은 삶의 목적을 돕는다.

이 글을 읽고 나도 정리를 해볼까 한다면, 제일 먼저 하루가 어떻게 돌아가면 좋을지 생각하자. 나는 일어나자마자 일하고 싶다. 에너지가 충만할 때 일하는 기분은 최고다! 그래서 일어나면 곧장 씻으러 간다. 안방에서 욕실까지 가는 동안 내 앞을 가로막는 게 하나도 없다. 이 길을 지날 때 거실을 지나가는데, 그 찰나에 창밖으로 하늘과 풍경을 보고 싶어서 창문을 가리는 물건을 두지 않는다. 겨울이 아니면 거실 커튼도 잠들기 전에 활짝 열어둔다. 안방에서 나오자마자 아침 햇살을 맞이하기 위해.

그다음에는 물건에 자리를 정하자. 이 운동화는 두 번째 칸 가운데, 하는 식으로 자리를 정한다. 참고로 나는 앞코가 보이도록 신발을 놓는데, 신발장을 열 때마다 신발 가게 같아서 기분이 좋다. 옷은 옷걸이에 걸자. 얇지만 튼튼한 옷걸이를 사면 획기적으로 많은 양의 옷을 걸 수 있다. 옷걸이도 같은 제품을 쓰면 매장처럼 깔끔하다. 옷을 접는다면 서랍을 열자마자 한눈에 볼 수 있도록 세워서 넣자. 내 서랍에는 레깅스, 속옷, 양말이 들어 있는데, 일렬로 세워둔다. 영양제도 부엌 서랍을 열자마자 상표가 보이도록 눕힌다. 무엇이든 열자마자 한눈에 보여야 물건을 잘 쓰고, 또 사지 않는다. 그래서 정리를 잘하면 소비도 줄고, 물건을 잃어버리지 않아 경제력도 생긴다.

눈에 보이는 것을 잘 정리하면 눈에 보이지 않는 것도 정리를 잘한다. 스케줄 정리, 생각 정리, 할 말 정리, 인간관계 정리, 삶의 우선순위 정리까지. 나는 정리를 하면서 삶을 조정한다. 그렇게 내가 사랑하는 것에 집중한다. 사랑을 느낄 수 있는 순간을 더 자주 만든다. 많은 사람이 이런 습관을 가지면 좋겠다. 자신의 삶에 만족하는 삶은 하루하루가 특별하니까.

나는 또 무엇을
사랑할까

'나는 호기심이 많은가', '만족을 모르는가'를 놓고 한동안 고민했다. 그 시작은 제주를 사랑하면서부터였다.

서른 살, 제주에 처음 혼자 갔다. 첫날 신나는 마음에 바닷가에서 핸드폰으로 셀카를 이백 장 넘게 찍었다. 한 장은 건졌겠지. 화장실에 갔다. 이런! 변기에 이백 번의 노력이 빠졌다. 시내 수리점에 갔다. "수리가 어렵습니다." 나흘간 핸드폰 없이 지내야 한다. 이 상황이 시트콤 같아서 헛웃음이 나왔다. 핸드폰 없는 여행이라니, 새로운데! 월 정리에 정갈해 보이는 식당에 갔다. "문어 카레 덮밥 주세요." 창밖으로 돌담집을 구경하며 밥을 기다렸다. 아담한 제주집은 볼 때마다 예쁘다. 손님이 점점 늘어났다. 맛집인가.

문어 카레 덮밥이 나왔다. 한눈에도 먹음직스러워 보였다. 탱글탱글한 문어의 식감과 담백한 카레 맛을 음미하면서 한 끼 식사를 제대로 했다. 평화롭다. 온전한 휴식이 주는 기쁨이 조금씩 스며들었다. 발길이 닿는 곳마다 풍경이 선명하게 들어왔다. 사진을 찍지 못하니 눈에 담았다. 마음이 말했다. "지금을 만끽해." 숙소에서도 나에게 집중했다. 잠이 오지 않으면 친구에게 전화를 걸 텐데, 핸드폰이 없으니까 머릿속 생각을 들여다봤다. 나흘이 지나고 서울로 돌아왔을 때 나는 이전과 다른 사람이 되어 있었다. 그때부터 제주에 사로잡혔다.

그 후 제주를 오가면서 문득 혼자 한라산에 오르고 싶었다. 당시 나는 갑상샘 항진증을 앓고 있었다. 갑상샘 항진증은 대사가 활발해 많이 먹어도 살이 빠지고, 쉽게 피로하고, 심장 박동이 빨라지고, 숨이 가쁜 증상이 있다.

담당 의사는 운동도 하지 말고 쉬라고 했다. 하지만 나의 한계는 어디까지인지, 나를 어디까지 밀어붙일 수 있는지 시험하고 싶었다. 병 따위에 나를 맞추고 싶지 않았다. '몸, 네가 나한테 맞춰!' 험하다는 관음사 왕복 코스를 택했다. 8월의 한여름이었다.

오른 지 30분도 안 돼서 후회했다. 내가 왜 왔을까. 1,000미터쯤 올라왔을 때 쥐가 발바닥부터 허벅지, 엉덩이까지 돌아다녔다. 주저앉았다. 내 옆을 지나가던 등산객들이 신발을 벗고 스트레칭을 하면 나아질 거다, 힘내라, 조금만 가면 정상이다, 응원했다. 그 말에 힘입어 가까스로 정상에 올랐다. 그때의 감격은 말할 게 없다. 다신 안온다고 다짐했을 뿐이다. 총 10시간이 걸렸다. 내려왔을 때 다리가 아파서 제대로 걸을 수 없었다. 그런데 감동은, 이후에 찾아왔다. 우리나라에서 가장 높은 한라산을 혼자올랐다. 체력이 바닥까지 떨어진 내가 나를 밀어붙인 결과 해냈다. 내 안에서 용기가 자라나 사시사철 푸르른 소나무처럼 단단히 뿌리를 내렸다.

그때부터 한라산을 1년에 서너 번씩 갔다. 내가 나를 마주하고 싶을 때, 풀리지 않는 고민이 있을 때 등산화를 신고 날아갔다. 그사이 병도 완치했고, 운동 습관이 생겨서 체력이 강해졌다. 지금은 관음사 코스를 7시간 왕복으로 다녀온다. 이 시간 동안 나를 마주할 수 있어서 혼자 한라산에 오르는 것을 좋아한다.

산길에서 수많은 나를 만난다. 누군가에게 들었던 말이 시간이 지나도 마음에 남아 있을 때 왜 그런지 들여다본다. 그 말이 왜 언짢았는지, 나의 무엇을 건드렸는지, 그것은 나에게 무엇을 말하고 있는지 관찰한다. 기분이 좋았던 말은 왜 좋았는지 살펴본다. 그러다 힘에 부치는 구간을 만나면 현재에 집중한다. 결국 중요한 것은 현재다. 과거는 지났고, 다가올 미래는 눈부시다. 내가 만들 수 있는 건 미래다. 지금 집중하면 미래의 나는 내가 바라는 모습으로 나타날 것이다. 이러한 깨달음을 주는 게 제주라서 나는 제주를 사랑한다.

첫 책을 쓸 때도 제주도로 떠나는 건 당연한 선택이었다. 조천 바다가 한눈에 보이는 오피스에서 제일 먼저 책상에 앉고, 제일 늦게 일어났다. 고통스럽게 글을 쓰다가 고개를 들면 제주의 푸른 바다와 탁 트인 하늘이 위로 가 됐다. 내가 행복 속에서 글을 쓰고 있다고 시종일관 일깨웠다. 한라산이 너무 가고 싶지만, 글을 쓰느라 못 갈 때는 한라산 국립공원 홈페이지에 들어가서 CCTV로 백록담을 봤다. 초고를 완성하고 백록담을 만났을 때 나는 말했다. "백록담아, 정말 보고 싶었어. 너를 보면서 글을 썼어. 반가워."

제주에 두 달 가까이 머물면서 예정된 강의를 하러 서울에 몇 번씩 왔다. 제주를 떠나기 전날, 강의를 취소하고 싶을 만큼 가기 싫었다. 글을 쓰는 것도, 제주에 머무는 것도 무척 행복했기 때문이다. 그런데 놀랍게도 김포공항에 도착하자마자 나는 상당히 들떴다. 내가 사랑하는 서울! 김포공항에 도착하면 사람들은 빠른 걸음으로 어디론가 떠난다. 공항 밖에 나오면 수많은 버스와 택시가 번잡하게 지나고, 주차장에는 자동차가 즐비한다. 그 분주함을 보는 순간 나는 안도한다. 서울에 돌아왔구나.

어릴 적 할머니 댁에 갔다가 집으로 돌아올 때마다 이 기분을 느꼈다. 우리 자동차는 경부고속도로에서 고가도로에 올랐다가 좌측으로 곡선을 그리면서 올림픽대로에 진입한다. 나는 뒷좌석에 앉아서 오른쪽 창문 밖으로 펼쳐지는 서울의 풍경을 넋을 놓고 바라봤다. 높고 빽빽한 건물, 몇 시인지 가늠이 안 될 만큼 환하게 켜진 불빛, 그리고 한강. 이 모든 것을 사랑한다. 내가 있어야 할 곳은 여기라고 강하게 느껴질 만큼.

순식간에 변한 나의 마음을 보면서 혼란스러웠다. 나는 제주를 사랑하지 않는가. 그런데 이 변덕은 무엇인가. 며칠 동안 고민한 끝에 내 마음을 알아차렸다. 그날이 기억난다. 강의가 끝나고 기계식 주차장에서 차가 나오기를 기다리면서 또각또각 내 구두 소리를 기분 좋게 듣고 있었다. 그런데 차에 타자마자 슬리퍼로 갈아 신고 곧바로 기분이 좋아졌다. 나는 왜 구두도 좋아하고, 슬리퍼도 좋아할까. 두 개는 다르잖아! 그렇지. 구두는 구두대로, 슬리퍼는 슬리퍼대로 좋아. 제주도를 사랑하는 이유가 서울을 사랑하지 않는 이유가 될 수 없다. 하늘, 바다, 한라산이 보이는 제주를 사랑하는 것처럼. 건물, 자동차, 사람들로 이뤄진 밀도 높은 서울을 사랑한다. 그러니까 나는 서울은 서울대로, 제주는 제주대로 사랑하는 것이다.

　이것이 사랑의 마음이 아닐까. 있는 그대로를 사랑하는 것. 그리고 사랑은 사랑을 확장한다. 누군가를 사랑하면, 그가 사랑하는 것까지 사랑하는 것처럼. 나는 산을 사랑하다가 산에 사는 새와 사랑에 빠졌고, 산에서 자주 만나는 고양이를 사랑하게 됐고, 길에서 고양이만큼 자주 보이는 개도 귀여워졌다. 끔찍하게 싫었던 벌레도 산에 있다는 이유만으로 받아들였고, 강을 뛰어다니면서 가끔 쥐를 봐도 놀랍지 않다. 물론 벌레와 쥐는 아직 사랑은 아니지만. 배척하는 것과 있어도 괜찮다는 마음은 다르다. 이런 변화를 느끼면서 살아간다.

　나는 또 무엇을 사랑할까. 그 기대를 안고 세상을 겪고 있다.

글을 쓰면서
좋은 사람이 되어간다

　하와이에서 돌아오는데 기체가 심하게 흔들렸다. 승무원은 승객에게 자리에 앉으라고 지시했고, 잠시 후 기장은 승무원에게 앉으라고 다급히 말했다. 비행기는 사방으로 휘청였다. 머리가 흔들리더니, 놀이기구를 탄 것처럼 갑자기 아래로 훅 떨어졌다. 어디선가 비명이 들렸고, 사람들의 표정이 얼어붙었다. 눈을 감고 손잡이를 꽉 잡은 채 기도하는 사람도 보였다. 심상치 않은 일이 벌어졌구나. 나는 일기장을 꼭 끌어안았다. 이 일기장으로, 나의 마지막 메시지가 전달되기를 바라며.

다행히 안전한 기류를 탔고, 나는 살아서 이렇게 글을 쓴다. 일기를 끌어안으며 깨달았다. 내게 가장 중요한 것은 일기다. 만일 집에 불이 나면(상상하는 것도 싫지만) 일기장을 챙겨서 나올 것이다. 나머지는 다 타도 괜찮다. 그러나 일기장은 사는 한 함께하고 싶다.

하와이는 호놀룰루 마라톤에 참가하기 위해서 갔다. 7박 8일 일정이었지만, 밀린 일을 하고, 그곳에 사는 친구를 만나고, 달리느라 빡빡했다. 숙소는 침대가 두 개 있는 원룸이었고 동행과 같이 썼다. 방에 책상이 있었지만, 짐을 놓은 터라 일기를 쓸 공간이 없었다. 나는 빨랫감을 들고 공용 빨래터에 갔다. 세탁기가 돌아가는 동안 일기를 쓸 참이었다. 야외 테라스에 커다란 식탁이 있었고, 여름이지만 모기가 없었다. 저녁이라 선선한 바람이 불어왔다. 일기를 쓰기에 이만한 환경이 없다. 헤드폰을 끼고 음악을 들으면서 펜을 들었다. "글이 지독하게 쓰고 싶다." 제일 먼저 쓴 문장이었다. 빨래가 끝났고, 그날 다 쓰지 못한 일기를 비행기에서 이어서 쓴 것이다.

나는 언제나 펜을 들고 다닌다. 항상 들고 다니는 작은 가방이 있는데, 사람들은 왜 필통을 들고 다니냐고 묻는다. 이 자리를 빌려 똑똑히 전합니다. "제 소중한 백입니다." 이 안에는 펜 세 자루가 있다. 검정, 파랑, 빨강, 모두 제트스트림 0.5. 이 펜으로 일기를 쓴다. 나는 집에 가면 가방에 있는 물건을 다 꺼내서 제자리에 두지만, 유일하게 펜은 항상 가방에 들어 있다. 차에도 검정 펜 하나가 수납함에 있다. 언제나 쓸 준비를 하고 있는 것이다.

이 책의 초고를 구상할 때도 일기장에 썼다. 질문을 쓴다. "무엇을 쓰고 싶은가?" "어떤 책을 쓰고 싶은가?" "세상에 어떤 책이 필요한가?" "이 책으로 독자는 무엇을 얻을 수 있는가?" "나만의 이야기는 무엇인가?" 이 물음에 답하면서 기획하고 목차를 짠다. 이 모든 과정이 소중하기 때문에 일기에 쓴다. 아무 노트에 끄적이고 어디에 썼는지 못 찾으면 얼마나 아까운가. 구상의 과정은 단 한 번뿐이라 소중하다. 소중한 글을 소중한 일기장에 쓴다.

일기에 쓰는 글은 나의 미래가 된다. 과거를 돌아보면 놀라울 정도로 착실히 일기에 쓴 대로 살아왔다. 일기장에 글을 쓸 때 나는 미래를 건축하는 심정이다. 주춧돌 하나를 신중히 둔다. 이 주춧돌은 모음과 자음이다. 정성껏 쓸 수밖에 없다. 나의 미래를 건설하는 일이다. 이렇게 쌓아온 일기가 서른 권이 넘는다. 매년 규칙적으로 쓴 것은 아니다. 초등학생 때 열심히 썼고, 중고등학생 때는 소원했다. 첫 직장을 다니면서 다시 열심히 썼다. 입사 초기에는 5년 안에 이룰 목표를 썼다. 대학원 가기, 내 명의의 자동차 사기, 화보 찍기, 이모 되기 등 50개. 퇴사하는 날 다시 본 이 글은 다 이뤄져 있었다. 2년이 채 되지 않은 시점이었다. 쓰는 대로 이뤄진다. 그러니 나는 계속 쓴다. 내가 이루고 싶은 미래를, 이룰 미래를, 가진 미래를.

얼마 전 초등학교 6학년 때 쓴 일기장을 읽었다. 그 일기장에서 귀엽고 대견한 초등학생을 만났다.

9월 2일 화요일. 내 일기장! 새 일기장!

내 일기장은 1학기부터 방학, 2학기인 9월 1일까지 써서 다 끝났다. 아, 이젠 일기장도 바뀌었으니, 또 내 마음도 바뀌어야겠군. 바로 말썽 부리지도 말고 선생님 속 썩이지도 말고 공부만 잘해야지. 아! 아니 다른 것도 다 잘해야지. 바로 이게 명언이여. 흥수 명언, "다른 것도 잘해야지." 이건 명언 책에다가 넣어야 해. 아무튼. 잘해야지. 일기장도 바뀌었으니. 근데 참 신기하다. 어떻게 3월부터 9월 1일까지 썼는지. 역시 난 천재인가 봐. 흐흐흐.

    9월 10일 수요일. 추석에 할 일.
    추석이 며칠 남지 않았다. 그래서 추석 때의 계획을 세워야 한다. 추석에 할 일. 1) 송편을 사든지 만든다. 2) 추석 음식을 만든다. 3) 밤마다 달을 찾는다. 4) TV를 본다. 5) 공부도 한다. 흥수의 추석 계획이다. 그런데 친척 집은 가지 못한다. 왜냐면 가까우면 갈 텐데, 경상남도나 되니까 하도 멀어서 가질 못한다. 아~ 효. 아무튼, 추석 땐 좋은 추석을 지내야지.

밤마다 달을 찾는다니, 여전히 나는 달을 보며 미소 짓는다. '아무튼'을 두 번이나 썼네. 지금도 아무튼을 좋아하지. 이 일기장에는 IMF를 걱정하고, 백혈병으로 아픈 친구를 위한 기도가 적혀 있다. 친한 친구와의 우정을 쓰면서 훗날 우리가 멀어지더라도 가슴속에 언제나 소중한 친구로 기억하겠다는 다짐이 있다. 긍정적이고 힘찬 소녀가 일기장에 들어 있다.

힘든 이야기를 토로한 것은 딱 하루다. 눈물 자국이 말라붙어 있다. 더 어렸을 때 아버지에게 일기장을 들킨 적이 있다. 그 일기장에는 미워하는 사람에 대해, 증오하고 화가 나는 것에 대해 적었다. 아버지는 조용히 일기장을 내밀더니 잘 간직하라고 했다. 못된 생각을 들킨 것 같아 부끄러웠다. 그 후 좋은 이야기만 적기로 마음먹었다. 그래서 나의 일기장은 밝다. 밝으려고 애썼다. 힘든 일이 있어도 긍정적으로 해석해 일기를 썼다. 그런 열두 살 아이가 딱 하루 눈물로 글을 썼다면 얼마나 힘들었을까. 눈물을 삼킨 꼬마를 토닥인다.

이게 일기의 매력이다. 과거의 나와 생생히 연결된다. 내가 기록하지 않으면 오늘 내가 느낀 감정과 생각은 날아간다. 사진과 동영상을 남겨도 사건이 남을 뿐, 그 순간 마음속에서 일어난 감정과 내가 그 사건을 바라보고 있는 시선은 기억나지 않는다. 기억이란 그런 것이다. 힘이 없다. 시간이 지나서 떠올라도 '그때 좋았지', '정말 별로였어' 한마디로 축약된다. 나도 쓰지 않았던 날들은 휘발돼 기억나지 않는다. 그것을 알기에 필사적으로 쓴다.

이렇게나 소중한 나의 일기장이 끝장날 뻔한 적이 있다. 다시 생각해도 식은땀이 난다. 강의하러 갔을 때다. 항상 뚜껑이 덜 닫히는 텀블러가 있다. 그것을 진작에 버렸어야 했는데(고장이 안 나서 아직도 쓴다), 주차를 한 뒤 가방에 텀블러를 넣었다. 일기장도 넣을까 말까 잠시 생각했다. '점심을 먹고 쉬면서 일기를 써야지.' 그게 화근이었다. 건물 1층에 도착한 지 2분이 지났나, 불안이 엄습했다. 휴게실로 뛰어가서 가방을 열었다. 이런, 일기장이 참수를 당했다!

강의고 뭐고 일기장을 살리고 싶다. 일기의 4분의 1이 젖어버렸다. 휴지로 물기를 흡수하면서 나는 울고 싶었다. 강의실에는 겨울이라 난방기가 틀어져 있었다. 그 아래 일기장을 눕혔다. 강의하면서 수시로 일기장이 마르는지 확인했다. 그대로였다. 수강생이 말하기 실력을 높이는 훈련법을 묻길래 나는 일기를 쓰라고 제안했고, 공교롭게도 맥없이 쓰러진 일기장이 옆에 있어 보여주면서 참수 사건을 가슴 쓰리게 말했다. 그날 밤, 일기장에 속상한 마음을 글로 쓰고 싶었다. 그런데 그 글을 일기장에 쓸 수 없어서 나는 또다시 가슴이 미어졌다. 핸드폰 메모장에 글을 썼다.

참변을 당했다. 처참하다. 펑펑 울고 싶은 심정이다. 일기장이, 나의 소중한 일기장이, 나의 역사가, 물에 젖어버렸다. 왠지 일기장을 꺼내고 싶었는데, 가방에 넣은 것부터 참변의 시작이다. 왜, 수업하러 가서 일기장을 가져가는가. 어차피 못 쓸 거라는 걸 경험으로 알면서. 텀블러는 뚜껑이 잘 안 닫혀서 물이 쏟아진 경험이 몇 차례 있으면서. 다른 책도 아니고, 오직 단 한 권뿐인 나의 소중하디 소중한 일기장을. 내 손으로 참수를 시키다니. 어깨끈이 젖었을 때 나는 얼마나 당황했던가. 남자 화장실에 급히 들어가 휴지를 꺼내왔다. 마우스와 노트북, 콘센트든 무엇이 젖어도 상관없다. 노트북이 젖어도 아무렇지 않았을 거야. 나의 일기장이라니. 마음이 갈기갈기 찢어진다. 일기장 구급대는 왜 없는 거야? 일기장 응급실은? 일기장 병원은 왜 없는 거야? 천만다행으로 일기장의 글자들이 많이 번지지는 않았다. 그래서 읽을 순 있어. 그렇지만 질감이 바뀌고, 일기장 전체가 울어버린 것 같아. 나는 너무나 슬프다. 오늘 나는 이런 연유로 무력하다. 일기장에 이 마음을 쏟아내고 싶은데, 나의 일기장은 냉동실에 들어가 있다. 영안실에 들어간 것만 같아. 물에 젖은 책 복구 방법으로 냉동실, 그늘진 곳에서 말리기가 나왔다. 드라이기로 한참 말려도 마르지 않던 일기장이다. 슬프다. 나의 발과 머리가 계속 젖어 있는 기분이다. 눅눅하고 축축해. 일기장아, 미안해. 소중한 만큼 살뜰하게 아껴야 했는데. 홍버튼 가방이었으면 너와 텀블러를 함께 두지 않았을 거야. 텀블러의 뚜껑이 열려도 젖지 않도록 가방을 만들고 말 테야. 다시는 일기장이 젖도록 무섭게 두지 않아. 일기장을 지킬 거야. 내가 할 수 있어. 그것은 나를 지키는 일이기도 해. 차가운 곳에 너를 두다니, 나의 마음이 얼어붙는 것만 같아. 미안해. 그래도 내 옆에 평생 함께 있어줘. 2023년의 내가 네 안에 다 있어. 그리고 2023년의 나는, 2063년의 내가 만나고 싶은 사람이야. 그러니 너는 다시 건강하게 영원히 내 곁에 있어야 해. 내가 다시 지켜줄게. 잠시만 치유하고 와. 꼭 건강하게 만나.

일기장 영안실을 바라보면서 나는 결심했다. 앞으로 일기장을 기필코 지킨다. 사흘 뒤 일기장은 습기가 완전히 없어졌다. 냉동고에 넣었더니 다행히 종이가 쪼그라들지 않았고, 글자도 알아볼 수 있었다. 며칠 뒤 책 커버를 선물로 받았다. 운명적이다. 일기장을 보호하라는 뜻이다! 역시나 쓰는 대로 이뤄진다. 일기는 고민이 무엇인지 들어주고, 보여주고, 해결해준다. 내가 나아갈 길을 제시한다. 차분하고 침착하고 옳은 방향으로 인도한다. 그러니 나는 일기에 대고 끊임없이 말하고 의지한다. 일기가 지난 30년간 내 곁에서 나를 돌봤다. 참변을 당한 날에서야 일기가 그동안 내게 준 사랑을 절감했다. 앞으로도 살아 있는 한 일기를 쓸 수 있다는 사실이 기쁘다. 이 글은 일기 찬가다. 이제 일기를 써야겠다.

꿈을 그리는 자는
마침내 그 꿈을 닮아간다

"저도 소설 쓰고 싶어요." 김금희 작가에게 처음 사인을 받으면서 나도 모르게 튀어나온 말이다. 아니, 내가 소설가에게 방금 무슨 말을 한 건가. 나는 정말이지 이런 말을 할 생각이 없었다. 누구에게도 해본 적 없는 말이다. 무대에서 내려오면서 속마음을 들킨 기분이었다. 얼마나 강렬히 원했으면 마음이 나한테 알릴까. 아, 나는 소설을 쓰겠구나. 마음이 강렬하게 원하는 것은 나의 미래 모습이다. 현재 나의 머릿속 이미지로 미래를 보여주는 것이다. "이

게 너의 미래야, 알고 있어" 같달까. 나는 늘 그랬다. 이미
지가 먼저 보이고, 현실에 나타난다.

나는 꿈을 따라 산다. 마음이 원하면 하고, 그렇지 않으
면 안 한다. 그런 나를 주변에서 걱정 어린 시선으로 보고
비난도 했다. "좋은 직업인데 왜 그만둬?" "지금 꿈꿀 때
냐? 현실을 생각해야지." "무슨 이 나이에 꿈이야." "먹고
살 걱정을 해야지." "팔자 편한 소리 한다." "가족 생각은
안 하냐?" "너만 힘든 거 아니야. 다 힘들어." "포기할 건 포
기할 수 있어야지." "제발 철 좀 들어라." 인생이란 간절히
원하는 것을 이룰 수 없는 것이라고 치부하고, 내 꿈을 포
기하면서 다른 누군가를 위해 희생하고, 나의 일부를 버
리고 살아야 하는 게 아니다. 그러려고 이 세상에 태어나
지 않았다고 나는 믿는다.

꿈이 옳은 방향을 향하고, 삶의 목적을 만들고, 가치가
있으면 충분하다. 나에게 가치 있다면, 다른 사람에게도
가치를 줄 것이다. 내가 살아갈 이유, 나는 그것을 꿈이라
고 부르고 싶다. 꿈이 있는 자만이 꿈을 이룬다. 꿈을 꾸지
않으면 꿈을 이룰 수 없다. 팔자 편한 소리가 아니라 꿈을

이루는 희망찬 이야기를 하는 것이다. 이기적인 게 아니라 더 많은 사람이 행복하게 사는 세상을 만들 원대한 이야기를 하는 것이다. 내가 할 수 있는 방법으로 사랑하며 인생을 사는 방식을 말하는 것이다.

나는 계속 꿈을 꾼다. 꿈을 꾸고 이루며 살고 있기 때문에 미래의 소설가라는 꿈도 내 안에서 피어오른 것이다. 이것은 내가 소설가를 하기로 작정한 것이 아니다. 내 안에서 벌어지는 마음의 일들이다. 그리고 내 마음은 꿈을 꾸는 사람을 보면 요동치면서 나한테 알려준다. "바로 저거야. 저렇게 살자, 우리." 나는 이 마음을 아낀다. 마음에 귀를 기울인다. 마음이 나에게 말해주는 것은 하나다. "꿈을 꿔. 꿈을 꾸고 이루기 위해 너는 태어난 거야."

호리에 겐이치는 여든세 살이었던 2022년, 혼자 요트를 타고 미국에서 출발해 일본에 도착했다. 세계 최고령 나이로 69일간 무동력, 무기항, 무지원으로 태평양 8,500킬로미터를 홀로 횡단한 것이다. 그는 스물세 살이었던 1962년, 세계 최초로 단독 무기항 요트 항해로 일본에서 미국 샌프란시스코로 태평양 횡단에 성공한 적이 있다. 60년 만에 반대의 경로로 횡단한 것이다. 호리에는 CNN과의 인터뷰에서 말했다. "꿈을 꿈으로만 두지 마십시오. 목표를 갖고 달성하기 위해 노력하십시오. 그러면 아름다운 삶이 기다리고 있습니다." 나는 이 뉴스를 보면서 가슴이 두근거렸다. 마음이 외쳤다. "바로 저거야. 나도 평생 꿈을 실현할 거야."

영화 〈나이애드의 다섯 번째 파도〉는 다이애나 나이애드가 예순네 살에 쿠바 하바나에서 출발해 미국 플로리다 키웨스트까지 177킬로미터 해협을 56시간 수영으로 횡단한 실화를 그린다. 그는 스물여섯 살에 쿠바—플로리다 횡단에 도전했지만 실패했다. 그러다 메리 올리버의 문장을 보고 결심한다. "결국엔 모든 것이 이르게 죽지 않는가? 격정적이고 귀중한 한 번뿐인 삶을 어떻게 쓸 것인가?" 그는 34년 만인 예순 살에 다시 도전한다. 목숨을 잃을 정도의 사고가 있었지만, 도전을 멈추지 않는다. 마침내 다섯 번째 도전 끝에 예순네 살에 성공한다. 나이애드는 횡단에 성공한 뒤 말했다. "세상이 정하는 한계 따위나는 안 믿어." 꿈을 이룬다는 불처럼 뜨거운 확신에 찬 그를 보면서, 나도 꿈 속으로 뛰어들리라 결심했다.

　나는 이제 누군가가 하고 싶은 것을 물으면 소설을 쓸 거라고 자신 있게 말한다. 그러면 이런 질문이 따라온다. "소설을 써 본 적 있어요?" "신춘문예 나가요?" "문예창작과 출신이에요?" 소설을 쓸 자격을 갖췄는지를 묻는다. 대회에서 입상했는지, 관련 전공이 있는지 확인하는 것이다. 프라하에서 유람선 투어를 하면서 만난 육십 대 여성은 나에게 무슨 일을 하냐길래 말 잘하는 법을 교육한다니까 이렇게 질문했다. "관련해서 연구를 했나요? 국어학을 전공했나요?" 나는 이들에게 묻고 싶다. "당신은 꿈을 꾼 적이 있나요?" 꿈을 꾸는 데는 자격이 필요 없다. 그러므로 자격 없이도 꿈을 이룰 수 있다.

　꿈을 꾸는 사람은 다른 질문을 한다. "소설이요? 어떻게 소설을 쓰고 싶다는 생각을 했어요?" "어떤 이야기를 쓰고 싶어요?" "왜 소설을 쓰고 싶어요?" "소설이라니, 멋져요!" 그렇다. 꿈을 꾸는 것은 멋진 일이다. 꿈을 가진 사람들은 꿈을 이야기할 때 가장 신난다. 허황된 이야기나 쓸데없는 말이 아니라 곧 다가올 현실, 정해진 미래라 여긴다.

 나는 꿈을 비난하는 사람을 만나도 흔들리지 않는다. 내가 "아나운서가 될 거야"라고 했을 때 한 친구는 "네가 아나운서가 되면 나는 국회의원이 된다"라고 했다. 나는 아나운서가 됐고, 그 친구는 국회의원이 되지 못했다. 이게 꿈의 힘이다. 나는 나의 꿈을 말하고 있는데, 그도 나의 꿈을 말하고 있지 않은가. 자신의 가슴속 꿈을 이야기해야지!

 나는 중학생 때부터 시를 썼는데, 한 친구는 내가 쓴 시를 비웃었다. 느끼하다고 놀렸다. 나는 그게 웃겼다. 그런 반응이 재미있어서 계속 썼다. 싸이월드를 시작으로 페이스북, 인스타그램에도 글을 썼다. 그러자 또 다른 친구는 말했다. "인스타그램은 글을 길게 쓰는 데가 아니야. 그냥 사진만 올려." 나는 계속 썼다. 플랫폼이 어떻든 무슨 상관인가. 내가 쓰고 싶은 것을 쓴다. 그리하여 꿈만 같던 작사를 했고(가수 허각의 〈사랑아〉를 들어보시라), 세 번째 책을 쓰고 있다. 출간은 계속할 것이고, 언젠가 멋진 소설이 나올 것이다.

영화 〈타이타닉〉의 주인공 케이트 윈슬렛은 골든글로 브에서 여우주연상을 받고 수상 소감을 밝혔다. "그 누구 의 말도 듣지 마세요. 제가 열네 살 때, 연극 선생님이 말 했어요. '중간 정도는 갈 수 있겠다. 뚱뚱한 여자역에 만족 한다면 말이야.' 그런데 지금 제 모습을 보세요! 만약 기가 꺾이거나 낙담한 적이 있다면, 선생님, 친구, 심지어 부모 님의 말도 새겨듣지 마세요. 전 듣지 않았어요. 그리고 계 속했죠. 결국 모든 두려움을 극복했고, 많은 불안을 떨쳐 냈어요. 지속하는 거예요. 계속 스스로 믿어요. 자신을 믿 지 못하는 젊은 여성분들에게 이 상을 바칠게요. 스스로 의심하면 안 돼요. 그냥 도전해야 해요."

세계에서 가장 각광받는 아티스트 테일러 스위프트는 그래미 어워드에서 올해의 앨범상을 받고 수상 소감을 말했다. "세상이 하는 말을 듣지 마세요. 나중에는 그것 을 혁신이라고 할 거예요." 그는 어릴 때부터 자신이 좋아 하는 컨트리 음악을 꿋꿋하게 노래했다. 시를 쓰고 자기 가 하고 싶은 음악을 만들고, 마음에 귀를 기울였다. 그 결 과 자신만의 음악 세계를 구축하고, 전 세계에서 가장 사랑받는 아티스트로 정상에 우뚝 서, 사랑과 희망을 노래한다. 나는 꿈을 좇아 사는 사람들의 이야기를 끊임없이 목격한다. 그 세계는 얼마나 희망차고 환한지!

마음이 하는 말이 중요하다. 머리는 불안한 상상을 하고, 현실을 보고, 불안을 잠재우라며 앞으로 가려는 나를 제자리로 잡아당긴다. 그러나 마음은 다르다. 가슴은 정면을 보고 앞으로 나아가라고 말한다. 너의 삶을 살라고 말한다. 그 누구의 삶이 아닌 나의 삶. 나는 이 목소리를 새겨듣는다. 다른 사람은 내가 원하는 것이 무엇인지 모른다. 꿈을 꿀 때 내가 얼마나 행복한지, 꿈을 꾸는 삶이 아니고서는 살아갈 가치를 못 느끼는 것을 이해하지 못한다. 그러나 이것을 설명할 이유도 없다. 이해받을 필요도 없다. 내 삶이다. 감히 누가 내 삶을 평가한단 말인가.

나의 책장에 소설가의 일상을 담은 책이 많다. 밀란 쿤데라의 《소설의 기술》, 김연수의 《소설가의 일》, 무라카미 하루키의 《직업으로서의 소설가》, 마거릿 애트우드의 《글쓰기에 대하여》, 스티븐 킹의 《유혹하는 글쓰기》. 나는 단지 이 작가들을 좋아해서 짚은 책인 줄 알았다. 그런데 마음은 이미 소설을 쓰기 위한 항해에 나선 것이다. 소설가가 어떻게 소설을 쓰고, 무엇을 생각하고, 어떤 하루를 보내는지를 보고 닮아가라고 준비해둔 것이다.

어떤 소설을 쓰고 싶냐고요? 사랑. 사랑 이야기다. 사랑의 시선으로 세상을 바라보게 하는 긴 여운이 남는 이야기. 분명한 건 대작이 나올 거란 사실. 이 소설은 드라마와 영화로 각색돼 크게 사랑받을 것이다.

02

매일
나를 사랑하는
수많은 방법

나를 행복하게 하는 건 무엇인가.
그걸 알려면 우선 나 자신을 알아야 한다.
내가 무엇을 좋아하고 싫어하는지, 어떤 사람인지,
어떻게 살고 싶은지 발견해야 한다.
답은 이미 내 삶에 있다. 아직 발견하지 못했을 뿐이다.

매일 무엇을 보고 듣고
느낄 것인가

매일 무엇을 보고, 듣고, 느낄 것인가. 일을 선택할 때 무엇보다 중요한 기준이다. 회사 이름, 연봉, 복지보다 우선하는 것은 내가 겪을 '매일'이다. 매일 누구를 볼 것인가. 매일 어떤 이야기를 들을 것인가. 매일 어떤 사람의 일상에 깊이 관여할 것인가. 매일 무엇에 물들 것인가. 내가 10년 동안 직장 생활을 하면서 고민한 것은 이 물음으로 귀결된다. 그 매일이 쌓여서 실력이 되고, 성과는 알아서 따라온다.

내가 아나운서를 그만둔 이유는 여러 가지지만, 뉴스가 점점 힘들었다. "인명 피해는 발생하지 않았습니다." 나는 이 문장에서 쓸쓸함을 느꼈다. 인간의 죽음은 뉴스가 되고, 부상은 뉴스가 되지 않는다. 뉴스가 되지 않은 것들이 눈에 밟혔다. 갑작스러운 사고로 사람을 잃은 사람의 심정은 어떨까. 사고를 수습하는 사람의 심경은 어떨까. 동료를 잃은 사람의 마음은 어떨까. 생존자는 어떤 밤을 보낼까. 나는 불행을 목격하면 뒤이어 불행의 연쇄가 상상됐다. 슬픔이 몰려왔다. 무언가를 빠뜨리고 있다는 느낌을 지울 수 없었다.

시청자로서 뉴스를 보는 것도 힘들었다. 내가 다닌 회사의 회장이 비리를 저지르고 휠체어에 탄 채 뉴스에 나타날 때는 TV 앞에서 망연했다. 국회의원들이 의사봉을 뺏으며 종합편성채널 법안 통과를 막기 위해 몸싸움을 벌이는 뉴스를 볼 때는 세상이 어떻게 흘러갈까 무서워 눈물을 흘렸다. 수많은 죽음을 보도하는 뉴스 앞에서 세상이 정지된 기분을 느꼈다. 그 기분은 내 안에서 사라지지 않고 어딘가에 묻혀 있었다.

신문방송대학원에 다녔는데, 그곳에서 사십 대 쇼호스트 언니를 만났다. 함께 과제를 하면서 이야기를 나눴는데, 그때까지는 잘 몰랐던 쇼호스트의 삶을 접했다. 사십 대 후반에도 왕성하게 방송을 하는 언니의 모습이 보기 좋았다. 여성 아나운서는 이십 대에 방송국을 관두는 경우가 많은데, 쇼호스트는 달랐다. 언니는 20년 차 쇼호스트였고, 나이가 들고 가족이 늘어날수록 팔 수 있는 상품이 많아지고 새벽 몇 시간을 제외하면 생방송을 한다고 말했다. 무엇보다 이런 이야기를 하는 언니의 얼굴이 밝았다.

　나도 밝은 방송을 하고 싶었다. 뉴스를 떠나면 어떨까. "언니, 저 쇼호스트 해볼까요?" 언니는 잘할 거라면서 응원해줬다. 그런데 쇼호스트를 준비할 때부터 뭔가 삐걱거렸다. 바지를 팔아야 하는데, 이 바지의 장점을 모르겠다. 나는 구멍 날 때까지 옷을 입는 사람이다. 쇼핑을 자주 하지 않는데 물건을 팔려니 여간 힘든 게 아니었다. 당시에는 그런 나를 잘 몰랐다. 생방송을 해봤고 아나운서도 했으니 쇼호스트도 잘할 줄 알았다. 직업적으로나 미래를 봤을 때 쇼호스트 일은 오래 방송을 할 수 있는 게 매력으로 다가왔다. 그렇게 홈쇼핑 쇼호스트가 됐다.

그러나 예감은 틀리지 않았다. 전략 회의를 할 때면 머릿속에 별다른 아이디어가 떠오르지 않았다. 가령 침대를 팔면, 매트리스가 얼마나 편한지를 소비자에게 보여주기 위해 시연을 궁리하고, 가격을 보여주면서 구매를 유도하는 전략을 짜야 한다. 그런데 나는 별생각이 없었다. 어떤 상품을 배정받아서 기쁘다거나 매진을 해서 뿌듯하다거나 너무 안 팔려서 기운이 빠지거나 하지 않았다. 판매와 매출에 대해 희로애락을 겪는 동료를 보면 신기했다. 시간이 흐를수록 무언가를 놓치고 있다는 생각이 커졌다. 내 안에 덮어두었던 오랜 고민이 하나둘 깨어나기 시작한 것이다.

나는 나에게 더 가치 있는 일을 하고 싶었다. 내게는 많은 사람에게 희망을 보여주자는 꿈이 있었다. 이 세상은 아직 살 만하다고 외치고 싶었고, 그 꿈은 내 안에서 한 번도 사라진 적이 없었다. 그런데 나는 지금 무엇을 외치고 있는가. 지금 하는 일은 내 꿈에 얼마나 닿아 있나. 나는 꿈에서 멀어지고 있었다. 바깥에 내가 할 수 있는 더 중요한 일이 있을 거라고 여겼다. 나는 자꾸 문밖으로 나가고 싶은 충동을 느꼈다. 그 길은 무엇일까. 그때부터 1년 반 동안 나에게 물었다. "매일 무엇을 보고, 듣고, 느낄 것인가. 나의 매일이 어떠한 하루이기를 바라는가."

나는 매일 '희망'을 품은 사람을 만나고 싶다. 매일 꿈을 노래하고, 꿈에 닿기 위해 분투하는 이야기를 듣고 싶다. 꿈을 꾸는 사람의 생기 있는 얼굴을 보고 싶다. 미래를 희망차게 바라보는 사람들과 세상을 살고 싶다. 그때 한 장면이 떠올랐다. 처음 강의한 날이었다. 지하 연습실에서 아이돌 연습생 세 명을 만났다. 댄스 수업이 끝난 직후라서 그들의 얼굴은 상기돼 있었고, 땀이 송글송글 맺혀 있었다. 첫 만남의 어색함은 금방 사그라졌고, 나는 미래 아이돌에게 어떤 아이돌이 되고 싶은지 인터뷰라고 생각하고 말해보라고 했다.

한 명은 고등학생, 두 명은 이십 대 초반이었다. 이들의 꿈을 들으면서 머릿속에 미래가 보였다. 무대에서 수많은 팬들과 사랑을 주고받는 모습이. 그 꿈을 함께 이룰 생각에 가슴이 뛰었다. 연습실 문을 닫고 지하실 계단을 올라가면서 마음에 열의가 가득했다. 희망이 차올랐다. 그 후에도 오랫동안 이어진 그 벅참, 우리가 나눈 교감과 공감, 눈물과 웃음, 이것이 내가 바라는 매일이었다. 나는 그런 하루를 매일 겪기로 했다. 그리고 지금의 나는 이런 날들을 통과하고 있다.

나는 다정한 세상을 만들기 위해 말하기를 교육한다. 내가 세상을 조금 더 나은 모습으로 만드는 데 힘을 보탤 수 있는 일이다. 나는 나라서 할 수 있는 일이 좋다. 지금까지 다닌 모든 회사를 통틀어서 진득하게 가장 오래 다니고 있는 게 내 회사다. 놀랍게도 나는 사업을 하면서 한순간도 지겨움을 느낀 적이 없다. 일이 아주 재미있다.

일하고 싶어서 체력을 단련하고, 일하고 싶어서 건강을 챙기고, 일하고 싶어서 일찍 일어난다. 강의가 끝날 때마다 말한다. "아! 너무 재미있어 미쳐버리겠네." 조금 과장을 덧붙인다면 한 순간도 감동을 못 느낀 적이 없다. 일하면서 감동을 받는다니. 축복이 아닐 수 없다.

나는 희망 속에서 일한다. 변화에 대한 의지는, 희망

이다. 수강생은 말을 못하니까 배우러 오는 게 아니다. 말을 더 잘하고 싶어서 온다. 일을 잘해서 말하는 기회가 많아진 것이다. 자신의 삶에 최선을 다하는 이들이 나를 찾아온다. 꿈이 있기 때문에 말하기가 필요한 것이다. 꿈을 이루기 위해서는 사람들이 필요하니까, 그들과 함께 행복해지는 방법을 알고 싶은 것이다. 또한 사랑하는 사람들과 더 잘 지내고 싶어서 온다. 다른 사람을 배려하고 싶고, 자기가 더 발전하면 주변도 더 잘될 것이라고 여긴다.

세상을 나쁘게 만드는 건 변화하지 않는 사람이다. 그릇된 생각을 고수하고, 다른 사람의 이야기를 듣지 않는 사람이 세상을 망친다. 변화하려는 사람은 더 나은 자신이 되려고 노력한다. 한 사람의 변화는 주변에 영향을 미치고, 그 영향은 멀리 번진다. 나는 변화를 위해 집중하는 수강생의 얼굴을 보면 정말 기쁘다. 우리는 희망에 가득 차서, 세상을 더 좋게 만들기 위해 머리를 맞댄다.

나는 수강생의 꿈을 이뤄주고 싶어서 온갖 노력을 기울인다. 어떻게든 그들이 원하는 미래에 하루빨리 닿도록 최선을 다한다. 내가 자주 하는 말이 있다. "어차피 이룰 꿈이라면 빠르게 이루자." 그러면 그 미래가 앞당겨진다.

시간이 흐를수록 말을 잘하고 싶은 사람이 늘어나고, 교육 효과는 꾸준히 발전해 깊고 확실한 변화를 만든다. 나는 내가 걷는 길이 옳은 방향이라고 믿고 싶다. 그러기 위해 정직하고 진중하게 나아간다.

매일 무엇을 보고, 듣고, 느낄 것인가. 오늘도 나는 나에게 묻는다. 그리고 상상한다. 내가 바라보는 이들의 얼굴을. 그 얼굴은 다름 아닌 내가 짓고 싶은 얼굴일 것이다.

내 삶에
답이 있다

〈슬럼독 밀리어네어〉는 나의 인생 영화다. 빈민촌에 살던 소년은 10만 불의 상금이 걸린 퀴즈쇼에 나간다. 똑똑한 사람들이 출연했지만 모두 탈락했다. 그런데 초등 교육도 제대로 받지 않은 소년이 퀴즈쇼에서 1등으로 상금을 거머쥐고 세상을 놀라게 한다. 자신의 인생에 답이 있었기 때문이다. 영화는 소년이 겪어온 삶을 보여준다. 나는 전율했다. 이전까지는 어렴풋이 짐작했다. 경험 속에 답이 있을지 몰라. 이 영화를 보고 확신했다. 더 많이 경험하자. 내 삶에 답이 있다.

수강생은 즉석에서 자신의 말하기를 교정하는 나를 보고 놀란다. 평소의 언행과 속마음, 머릿속까지 꿰뚫어 보는 것 같다, 수업을 듣고 인생을 돌아보게 된다, 인생을 두 번 산 사람처럼 통찰력이 있다고 한다. 이게 어떻게 가능한지 묻는다. 초반에는 나도 신기했다. 수강생은 거의 모든 분야에 있다. IT, 과학, 건축, 물리, 화학, 의학, 공학, 법학, 경제학 분야가 많고, 그 안에서도 세세히 나뉜다. 나는 이 분야를 공부한 적도 이 분야에서 일한 적도 없다. 그런데 분야를 가리지 않고 이야기를 들으면 이해하고, 뭔가 빠진 부분은 정확히 보인다.

예를 들어, 전자제품 디자인 부문 임원이 세탁기 디자인을 설명한다. 이 보고는 회장 앞에서 할 발표다. 임원은 이 디자인은 어떤 형상을 모티브로 삼고, 이 색상은 무엇을 떠올리게 하는지 말한다. 그러면 나는 뭔가 빠진 것이 보여서 묻는다. "그래서 그 디자인이 고객에게 어떤 가치를 주나요? 그 색상이 고객의 집에 어떤 영향을 미치죠? 고객이 세탁할 때 어떤 기분을 느낄 수 있나요? 예전과는 달리 새로운 것을 느낄까요? 바뀐 디자인으로 수익성은 얼마나 높아지나요? 다른 제품에도 적용할 수 있나요? 시장에는 어떤 가치를 주나요?" 임원은 말한다. "회장님이 하는 질문을 하시네요." 나와 발표를 준비하면 수강생은 승진한다. 보고를 잘해서 그해의 성과가 훌륭했다는 것을 발표로 입증한 덕분이다. 이런 일이 매일같이 반복된다.

나는 이야기를 좋아한다. 어릴 때부터 이야기를 들으면서 상상하는 걸 재미있어했다. 어머니는 얘기했다. "꽃단장을 하고 친구들을 만나러 가는데, 바지 속으로 뭐가 확 들어온 거야. 깜짝 놀라가지고, 걸음아 나 살려라 도망가고, 바지를 탈탈 털고 난리가 났는데, 갑자기 이만한 쥐가 튀어나오더라니까! 딱 그 자리에서 기절초풍할 뻔했잖아." 어머니는 나팔바지를 입고 있었고, 그 나팔바지로 쥐가 들어왔다. 그때부터 세상에서 쥐가 제일 싫다고 했다. 지금도 나는 이 이야기를 떠올리면 머릿속에 그림이 그려진다. 빨간색 나팔바지에 꽃무늬 셔츠를 입고, 구불구불하고 풍성한 긴 머리를 풀어 헤친 아리따운 여성이 도도하게 길을 걷는다. 또각또각. 바짓단을 펄럭이며. 그러다

쥐 투입! 아연실색. 엄마야!

나는 손으로 가늠하면서 어머니에게 물었다. "엄마, 바지통이 얼마나 컸어? 이만했어?" 어머니는 두 손으로 표현했다. "이만했어!" 어머니는 아가씨였을 때 꾸미고 놀러 다니는 걸 좋아했던 이야기, 그 시절에는 거리에 나팔바지를 입은 사람이 수두룩했다는 이야기, 나팔이 클수록 시선이 갔다는 이야기, 언제부터 나팔바지를 안 입었는지 이야기해줬다. 내가 물어보는 대로 어머니는 추억을 떠올리면서 익살스럽게 이야기했다. 그렇게 내 머릿속에는 나팔바지를 입은 엄마가 생겼다. 한 번도 보지 못했지만, 왠지 본 듯한 나팔바지를 입은 엄마.

친구와 대화하는 것도 재미있었다. 나는 짜장면을 먹는데 친구는 짬뽕을 먹었다. 한 번도 짬뽕을 시켜 먹은 적이 없던 나는 물었다. "너는 왜 짬뽕을 먹어?" "맛있으니까." "그게 맛있어? 매워 보이는데." "나 매운 거 잘 먹어. 너 매운 거 못 먹어?" "응. 너는 매운 걸 왜 잘 먹어?" "맛있으니까." "매운 게 맛있어? 난 기분이 안 좋던데." "그래? 나는 어릴 때는 못 먹었는데 이제는 먹을 수 있어서 좋아." "짬

뽕 같은 게 또 있어? 옛날엔 못 했고 지금은 하는 거." 대화를 통해 한 사람의 세상이 나와 다르다는 것을 알았다. 그런 너와 내가 같이 중국 음식을 먹고 있다는 게 신기했다.

관찰하는 즐거움도 컸다. 나는 마음속으로 혼잣말을 곧잘 했다. 나와는 다른 말을 하고 다른 행동을 하는 친구들이 하나둘 눈에 들어왔다. 어떤 애는 말하면서 자꾸 막대기로 바닥을 긁으며 말했다. 나는 오랜 시간 가만히 있을 수 있는데, 애는 왜 자꾸 움직이면서 말할까. "너는 바닥을 긁으면서 말을 하네?" "내가 그래?" "응. 너 이렇게 해." 나는 따라서 보여주기도 했다. 관찰은 사람들 모두에게로 이어졌다. 저 사람은 걸을 때 두리번거리네. 저 사람은 표정이 멍하네. 저 사람은 슬픈 눈을 하고 있네. 수줍음보다 호기심이 커지면 사람들에게 다가갔고 질문했다.

대화를 나누면서 내가 배운 건, 머릿속에서 짐작하는 것은 엇나갈 때가 많다는 것이다. 이를테면 목소리 큰 애가 있으면 자신감이 넘친다고 생각했다. 그런데 물어보면 생각지도 못한 이야기가 나왔다. "내가 목소리가 커? 할머니랑 사는데, 할머니 귀가 잘 안 들리셔. 그래서 크게 말하는데, 너한테도 그랬나 보네. 많이 커?" 덕분에 나는 사람을 궁금해한다. 한 사람의 인생, 개인의 생각을.

내가 하는 일은 관찰력이 필요하다. 말하기는 습관이다. 습관은 타고난 성격과 환경, 생에 일어난 사건과 그 사건이 미친 영향, 그 사건을 바라보는 시선과 태도로 형성된다. 단편적으로 알 수 없는 게 인간이다. 자신은 습관이 돼서 모르는 것을 발견하는 게 강사의 자질이다. 나는 관찰을 평생에 걸쳐 하고 있다. 나와 타인을 바라보고 대화하면서 이야기를 듣는다. 나의 머릿속에는 수많은 등장인물이 있다. 그 등장인물은 하나같이 개성이 넘치고 색깔이 뚜렷하다. 이 세상에 행인1은 존재하지 않는다. 내 생을 통과해 깨달은 것이다. 인간의 보편적인 특성은 있어도 보편적인 인간은 없다.

또한 나의 일은 이야기를 구성하는 능력이 중요하다. 나는 이야기를 사랑한다. 그중에서도 사람의 이야기를 깊이 사랑한다. 우주나 역사 이야기가 아니라 그가 우주를 사랑하게 된 이야기, 그가 역사를 좋아하게 된 이야기를 사랑한다. 이야기를 들으면서 그의 시선으로 바라보는 세상을 사랑한다. 잠시 다른 세상을 체험하는 것은 귀한 경험이다. 내가 드라마와 영화, 시, 책을 사랑하는 것도 이야기가 있어서다. 나는 그 이야기를 보면서 누군가와 대화하는 것과 같은 감동을 느끼고 깨달음을 얻는다. 세상의 모든 이야기를 듣고 싶을 정도다.

이야기를 들으면서 나를 알고, 세상을 알고, 타인을 알 수 있는 게 엄청 재미있다. 이야기로 배우면 오래 기억하고 효과적이다. 동화가 존재하는 이유다. 밤에는 밖에 나가지 말라고 하는 것 대신 어두운 밤에는 망태를 쓴 할아버지가 돌아다니면서 아이들을 잡아간다는 이야기가 더 기억에 남지 않는가. 이것이 이야기의 힘이다. 교훈을 담은 이야기가 귀한 건 이야기를 통해 삶을 살아가는 데 도움을 주기 때문이다.

이야기는 모두에게 있다. 각자가 살아온 모든 이야기가 나는 너무나도 소중하다. 내 삶에 답이 있듯이 각자의 삶에 답이 있다. 삶을 살아갈 때 가장 행복할 수 있는 길은, 자신이 걸어온 길에 있다. 그것을 이야기로 찾을 수 있다. 전자제품 디자인 임원도, 자기가 디자인을 한 이유가 있다. 하늘색을 넣은 건 세탁기가 돌아가면서 구름 한 점 없는 깨끗한 하늘을 떠올리면서 맑게 갠 날의 화창한 기분을 고객에게 전하고 싶은 것이다. 빨래를 하는 일상에 아름다운 색을 칠해 고객에게 즐거움을 주고 싶은 것이다. 이러한 특별한 디자인으로 고객의 마음을 사로잡고, 회사의 수익에 기여하고 싶은 것이다. 나는 그 마음을, 그 감정을, 그 공백을 채우는 역할을 한다.

나는 자주 행복을 느낀다. 그것은 내 삶에서 답을 찾았기 때문이다. 관찰하기 좋아하고, 이야기를 듣기 좋아하는 것은 나의 타고난 기질이다. 그래서 지금의 일을 잘하고 있고, 행복을 느끼는 것이다.

나는 방송하는 직장인으로 살면서 아나운서로 일할 때가 제일 재미있었다. 예전에는 앵커가 멋있어서, 뉴스가 의미 있는 일이라서, 생방송이라 가슴이 뛰어서인 줄만 알았다. 그런데 똑같은 생방송을 하는 쇼호스트 일은 크게 재미있지 않았다. 그 이유는 나라는 사람은 이야기를 하는 것보다 듣는 것을 더 즐거워하기 때문이다. 쇼호스트는 '물건'을 중심으로 판매 방송을 하고, 앵커는 '사람'을 중심으로 세상의 소식을 보도한다. 1시간의 뉴스라도 1분 30초씩 새로운 기사가 나온다. 얼마나 많은 사람이 뉴스에 등장하는가! 나는 그들의 삶을 들여다보고 관찰하는 게 좋았던 것이다.

그러나 이야기를 듣는 관점에서 보자면 뉴스는 너무 짧다. 지금 나의 일을 행복 속에 파묻혀서 하는 건 수강생의 이야기는 마음만 먹으면 듣고 싶은 만큼 들을 수 있기 때문이다. 게다가 이야기를 듣고 수강생이 원하는 미래에 필요한 도움을 알맞게 줄 수 있으니 보람까지 따른다.

나를 성실하고 열정적으로 보는 이들이 많은데, 예전에는 그렇지 않았다. 십여 년간 회사를 여섯 군데 다녔다. 재미있게 열정적으로 일하다가도 싫증이 났고, 다른 일이 하고 싶었다. 그랬던 내가 사업을 하면서 진득하게 일하는 모습을 보면 나조차 신기하다. 내가 성실해진 이유는 나를 잘 알게 돼서다. 사람을 좋아하고, 이야기를 사랑하는 나라서 지금 내가 하는 모든 일을 행복하게 한다. 내 삶에 답이 있다. 내가 행복하게 살 수 있는 답이.

두려움은
허상에 불과하다

두려움은 수시로 몰려와 나를 주저앉히려고 한다. 마치 거머리처럼 심장에 붙어 피를 빨아먹고, 포기하고 싶게 한다. 외국에 가기 전에도 불안한 상상에 휩싸인다. 그리스 크레타에 갈 때는 프라하에서 아테네로 가는 비행기를 갈아타고, 아테네에서 다시 비행기를 타고 크레타에 가야 했다. 외국에 가면서 혼자 경유하는 건 처음이었다. 공항에서 헤매면 어쩌지, 비행기가 연착돼서 다음 비행기를 놓치면 어쩌지, 짐이 중간에 다른 데로 가면 어쩌지, 내

내 불안했다. 그래도 떠났다. 두려움을 이기고 싶었다. 그리고 아무 일이 없었다. 그리스에서 돌아올 때는 아테네에서 네덜란드를 경유해 한국에 오는 여정이었다. 역시나 걱정했고 실제로 공항에서 헤맸지만, 직원들이 친절히 알려줘서 수월하게 귀국했다. 현실에 부딪혀보면 걱정이 얼마나 덧없는가를 안다. 나는 이 경험을 늘려간다. 물론 뜻대로 되지 않으면 속상하고 당황스럽기도 하다. 그러나 이것을 수업료라고 생각한다.

하와이 와이키키에서 비키라는 공유 자전거를 이용했다. 기계에서 탈 자전거를 고른 뒤 카드로 결제하면 이용할 수 있다. 그런데 가끔 잠금장치가 풀리지 않는 자전거가 있다. 자전거를 안 탔는데도 기본료 3,000원 정도가 빠져나간다. 한국이면 업체에 환불해달라고 할 것이다. 그런데 하지 않았다. 자전거를 탈 수 있을 때까지 시도했고, 세 번째에 성공했다. 15분 거리를 가는데 1만 원 정도 썼지만, 괜찮다. 택시보다 싸다.

이 시도로 앱의 존재를 알았다. 비키 앱에서 30일, 90일처럼 기간제로 한 번만 결제하면 그 기간에 자유롭게 탈 수 있다. 훨씬 저렴하고, 고장이 날 일도 적다. 덕분에 나는 하와이에 갈 때마다 비키를 타는 즐거움을 누린다. 끝까지 시도했기에 얻은 즐거움이다. 나는 고장이 나는 순간 생각했다. '내가 여기서 돌아서면, 앞으로 어느 나라를 가도 공유 자전거를 타는 시도를 안 할 것이다.' 나는 부정적인 경험을 만들고 싶지 않다. 자전거를 타고 해외를 누비는 기분을 만끽하고 싶다. 덕분에 프라하에서도 공유 자전거로 블타바강과 골목을 누비고, 장을 보고 자전거에 싣고 콧노래를 부르며 집에 왔다.

마라톤도 그렇다. 두려움이 계속 따라다녔다. 달리기를 시작하고 나서 1년 동안 상암 마라톤, 뚝섬 마라톤 등 여러 군데 10킬로미터 대회에 신청했다. 그런데 두 군데 빼고는 나가지 않았다. 대회 전날이면 괜히 나가기 싫은 마음이 든다. 그동안 보지 못한 예능이나 드라마를 늦게까지 본다. 최근 잠이 부족했어, 다음에 나가지 뭐, 핑계를 대면서 일부러 늦게 잔다. 사실은 대회에 나가서 완주를 못 할까 봐, 기록이 형편없을까 봐, 뛰다가 배가 아플까 봐 같은 부정적인 상상 탓이다. 두려움이 안 나갈 이유를 대면서 합리화하는 것이다. 거머리가 또 피를 빨아먹는다.

그 바람에 각종 대회 티셔츠만 늘었다. 다행히 이 티셔츠를 잠옷으로 입는데, 참 좋다. 아침에 일어나 거울에 비친 내 모습을 보면, 진정한 러너라도 된 기분이다. 바로 뛰러 나갈까. 그런다고 한들 잠옷을 사기 위해 마라톤을 신청하는 건 아니다. 대회에 가기로 했으면 뛰러 나가야 한다.

내가 참가한 대회는 하와이 호놀룰루 마라톤이다. 해외 마라톤은 처음이고, 하와이에서 달리기를 시작했으니 의미 있을 거라고 여겨서 신청했다. 그런데 막상 날짜가 다가올수록 걱정이 몰아쳤다. 강의도 많고, 일주일을 다녀오면 여행 앞뒤로 바쁘다. 거기서도 일해야 하는데, 달리기 훈련을 제대로 못 한 채 대회에 나가는 게 아닐까. 가뜩이나 대회는 새벽 5시에 시작한다. 대체 몇 시에 일어나야 해? 시차 적응은 될까? 그냥 가지 말까? 때마침 동행이 생겼다. 그는 마라톤에 관심 없지만, 내가 하와이에 간다고 하니 따라나선 것이다. 그래서 하와이로 떠났고, 마라톤은 환상적이었다. 안 왔으면 땅을 치고 후회할 만큼 굉장했다.

호놀룰루 마라톤은 매년 12월 초에 열린다. 이 기간은 며칠씩 섬 전체가 들뜬다. 평소보다 러너도 많아져서 거리에 활기가 넘친다. 대회 나흘 전부터 축제가 열렸다. 나는 전야제에 참여했다. 와이키키 쇼핑몰 광장에서 사람들이 모여서 횃불을 밝혔다. 소년 소녀의 훌라 공연이 펼쳐졌다. 전문 댄서의 공연이 아니라서 왠지 마음이 더 가는, 사랑스러운 공연이었다.

경기 전날 아침에는 1마일 마라톤이 열렸다. 1마일, 1.67킬로미터를 달린다. 이렇게 귀여운 마라톤이라니! 그런데 단순한 이벤트가 아니다. 1마일 티셔츠와 기록칩, 번호표, 메달, 간식도 주고, 결승선도 본 대회 못지않게 멋지다. 호놀룰루 마라톤에 참여하는 러너들이 몸을 풀고, 어린아이부터 어르신까지 즐기는 경기다.

1마일 티셔츠를 입은 러너도 있고, 한껏 개성을 부린 러너도 많다. 12월이라 산타 모자를 쓰고 크리스마스 장식을 한 사람이 두드러졌다. 놀이공원에서나 볼 법한 공룡과 곰 러너도 있다. 과연 저런 옷을 입고 뛸 수 있을까. 스

파이더맨, 슈퍼맨, 배트맨 같은 히어로도 대거 참가했다. 어린아이와 가족은 단체로 옷을 맞추고, 머리에 꽃을 달거나 리본을 묶어 장식했다. 사회자는 힙한 음악에 맞춰 래퍼가 돼 축제 분위기를 한껏 달궜다. 바로 옆은 와이키키 바다다. 나는 신나서 춤을 추면서 출발 신호를 기다렸다. 탕! 치아를 열 개쯤은 드러낸 채 인파 속으로 뛰어들었다. 전속력으로 달려볼까.

그런데 앞으로 나갈 수가 없다. 내 무릎쯤 오는 꼬마가 달린다. 자기 딴에는 열심히 뛰는데 속도가 나지 않는다. 귀여움에 홀린다. 친구들끼리 참가해 연신 사진을 찍으면서 걸어가는 무리도 있다. 여든 살이 훌쩍 넘은 백발의 어르신은 구부정한 몸으로 달리며 그들에게 소리친다. "걸을 거면 옆으로 가!" 갑작스러운 삶의 애착을 목격하고 나는 그만 울음이 터질 뻔했다. 자신의 삶에 몰두하는 모습은 경이롭다. 바다 위로 해가 떠오른다. 하늘이 분홍빛으로 물든다. 거리에 응원하는 인파가 가득하다. 모두 환한 웃음으로 지금 이 순간을 만끽한다. 나는 울컥해서 눈물이 차올랐다.

동화같은 갖가지 이야기가 산더미로 내 안에 고스란히 저장돼 있다. 행복 저장소. 마치 장독대 같달까. 맛 좋은 장이 보관돼 있어 장독대만 열면 훌륭한 요리를 할 수 있다는 자신감이 들듯이, 나에게는 따뜻한 이야깃거리와 경험이 장독대 안에서 숙성 중이다. 경험과 도전이 하나둘 늘어갈수록 장독대의 개수도 늘어난다. 마당을 보면 흐뭇하다. 이날의 경험들이 불안한 나를 독려하는 힘으로 익어간다.

여전히 나는 도전 앞에 머뭇거린다. 며칠 전에도 그랬다. 글을 쓰러 강원도 고성에 와서, 인근 요가원에 원데이 수업을 신청했다. 막상 시간이 다가오자 오랜만에 돌아온 글쓰기 감각에 취해 엉덩이가 떨어지질 않았다. 걱정도 들었다. 시간 낭비면 어쩌지, 요가가 어려워서 못 따라가면 어쩌지, 사람들한테 방해를 주면 어쩌지. 나는 집 근처 요가원을 다니는데, 딱 두 번 수업에 간 요가 새내기다. 걱정이나 불안은 모를수록 커진다. 그래도 갔다. 나에게는 장독대가 있다.

영랑호가 보이는 근사한 요가원이었다. 호수 너머로 장

엄한 울산바위가 병풍처럼 펼쳐져 있고, 호숫가를 도는 러너도 보였다. 이 풍경을 보자마자 어제도 올걸 하고 생각했다. 요가를 마치고 호수를 한 바퀴 뛰면서 머릿속에서 이런 말이 들렸다. "너는 호수가 아니야. 강이야. 바다야. 지구야. 너는 어디든 갈 수 있어. 모든 길은 연결돼 있어. 그러니 마음을 먹어. 고개를 들어. 가! 네가 원하는 곳 어디든."

두려움은 허상에 불과하다. 막상 부딪혀보면 실체가 없다. 머릿속에서 쉴 새 없이 떠들 때는 언제고 감쪽같이 사라진다. 내가 경험하는 것, 내가 본 것이 진실이다. 이것을 몸이 기억하도록 만든다. 정신이 불안에 잠식당하기 전에 좋은 경험을 몸이 기억해 힘차게 움직이도록.

나이가 들수록 새로움이 불편함으로 다가온다. 무언가를 도전하고 싶은 욕망도 줄고, 세상을 탐험하는 것도 멈추려 한다. 나는 미지의 세계로 뛰어드는 삶을 원한다. 내 마음은 계속해서 신호를 보낸다. 그렇다면 나이가 들기 전에, 가장 젊은 날인 오늘, 새롭고 낯선 것을 익숙하게 만들자. 나이가 들어도 세상을 즐기기 위해서. 불편함을 익숙하게, 낯섦을 친숙하게.

내가 도전을 앞두고 떠올리는 문장이 있다. 하나는 성경 구절이다. "너는 두려워하지 마라. 네가 물 가운데로 지나갈 때 내가 너와 함께할 것이다. 네가 강을 건널 때에 물이 너를 침몰하지 못할 것이며 불 가운데로 지나갈 때도 타지 아니할 것이다." 다른 하나는 조조 모예스의《미비포 유》에 나오는 문장이다. "대담무쌍하게 살아가라는 말이에요. 스스로를 밀어붙이면서. 안주하지 말아요. 여전히 가능성이 있다는 걸 알고 사는 건, 얼마나 호사스러운 일인지 모릅니다."

잠이 오지않으면
좋겠어

　'일은 왜 이렇게 재미있는 거야. 잠이 오지 않으면 좋겠어.' 밤 11시 30분. 저녁 수업을 마치고 집에 왔다. 질문과 토론, 심화 수업을 열어달라는 요청이 이어졌다. 수강생은 제주, 부산, 광주, 천안, 강원을 비롯해 수도권 각지에서 매주 온다. 지방에서 오면 서울에서 하룻밤을 자고돌아간다. 그들의 열정은 어디에서 나오는 걸까. 나는 매번 감동해 소파에 앉아 글을 쓴다. 새벽 2시, 하품이 밀려온다. 슬슬 잠한테 지는 중이다. 눈이 따가워 눈물이 흐른다.

나는 일기장에 별걸 다 기록하는데, 하루에 몇 시간 일했는지도 쓴다. 평균 12시간. 체감상으로 16시간, 어쩌면 24시간. 사업 방향을 고민하거나 답을 찾지 못한 물음은 꿈까지 이어진다. 마침내 답을 찾으면 침대를 박차고 일어난다. 이 사업은 정말 잘되겠다 싶을 때. 이럴 때는 잠에게 고맙다. 눈을 뜨자마자 책상에 앉아 일한다. 아이디어가 번뜩이고, 세상에 아이디어를 선보일 생각에 두근거린다.

사업을 시작할 때도 그랬다. 갑자기 아이디어가 떠올랐다. 머릿속이 어느 때보다 명료했다. 새로운 전등을 갈아끼우고 스위치를 탁 켰을 때처럼 모든 것의 윤곽이 선명하게 보였다. 새벽 3시에 일어났다. 불을 켜고 책상에 앉아 빠른 속도로 노트에 썼다. "말하기 수업을 열자. 사람들이 말을 잘하면 지금보다 더 행복한 삶을 살 것이다. 모두가 말을 잘하는 세상을 만들자. 말하기의 대중화." 하루라도 빨리 시작하면 우리의 삶이 더 빠르게 행복해질 거라고 믿었다. 나는 지금 이 상상을 실현하고 있다.

하루를 48시간처럼 산다는 소리를 듣는다. 강의를 하루에 두세 개씩 하고, 오전에 지방에 있다가 오후에 서울에 있는 날이 자주 있어서다. 일주일에 하루라도 비행기나 KTX를 타지 않으면 한가한 기분이 들 정도다. 강의 외에도 영상을 찍고, 방송하고, 글을 쓰고, 책을 읽고, 운동하는 나에게 사람들은 묻는다. 잠은 자는지, 어떻게 시간을 관리하는지, 루틴이 있는지. 루틴은 없다. 일정한 시간에 강의하거나 방송하지 않는다. 하고 싶은 시간에 스케줄을 잡는다.

나는 고정된 시간에 무언가를 하는 것을 잘 못한다. 어릴 때부터 왜 학교도 회사도 9시에 시작하는가, 의문이었다(지금도 잘 모르겠다). 대신 내가 하고 싶은 것을 중점으로 일정을 계획해 움직이는 것을 잘한다. 끝을 생각하고, 끝에서부터 거슬러 올라와서 오늘을 계획한다. 그 안에서 새로운 스케줄을 짜고, 움직이는 것을 즐거워한다. 그저 하고 싶은 것을 한다. 재미있어서, 하지 않고는 배길 수 없는 것을 한다. 그게 지금 내가 하는 모든 것이다.

나도 자는 걸 좋아한다. 푹 잔다. 어릴 때는 12시간씩 잤고, 그 시간을 무척이나 달콤하게 여긴 기억이 있다. 지금도 자고 일어나면 상쾌하다. 국내외로 출장을 자주 다니는데, 잘 자기 때문이다. 다행히 아무 데서나 잘 자고, 잠이 들면 깨지 않고 숙면한다. 그렇지만 현재의 나는, 자는 것보다 일하는 게 더 좋다. 평일에는 늦게 잠들면 4시간, 일찍 잠들면 7시간 잔다. 그러면 누군가가 이런 말을 한다. "밤 10시에서 새벽 2시 사이에 자야 몸에 좋은 영양분이 공급된다."

나는 여기서 질문이 생긴다. 지금 스위스에서 이 글을 쓰고 있다. 나라마다 해가 지는 시간이 다르지 않은가. 우리 몸은 그 시차에 적응해서 영양분을 공급하는가. 가령 어제까지는 한국에서 밤 10시에 잠들어서 좋은 영양분이 나왔다고 치자. 그런데 다음 날 스위스에 날아왔더니 이곳 시간은 한국보다 7시간 느리다. 밤 10시에 자도, 한국 시계로는 새벽 5시다. 그러면 몸은 '오호라, 스위스로 날아왔군. 영양분을 공급할 시간을 조절해야겠어' 하면서 시침을 돌리는지 궁금하다. 만일 그렇다면 나도 이 시간에 자기 위해 노력할 의향이 있다. 좋은 영양분이 나오면,

푹 자고 일어나서 즐겁게 일할 수 있으니까.

말이 나온 김에 나의 일과를 조금 더 적어보자. 언제 자든 보통 오전 7시 전에 깬다. 날이 갈수록 깨어나는 시간도 빨라진다. 일하고 싶은 마음이 아침잠을 이긴다. 잠이 물러가면, '이제 내가 이겼군' 하고 일을 시작한다. 5시간 정도 집중적으로 중요한 일을 한다. 글을 쓰고, 미래 사업을 기획하고, 커리큘럼을 짜고, 영상 콘텐츠를 구상한다. 창의적인 일을 새벽부터 이른 아침에 끝낸다. 이것만으로 무언가를 손에 쥔 기분이 든다.

이때까지 공복이다. 오전에 다른 일정이 없으면 운동하러 간다. 달리거나 요가를 하러 간다. 씻고 점심을 준비한다. 한 끼는 웬만하면 집에서 먹는다. 나의 요리는 프라이팬과 함께다. 달걀, 고등어, 고기, 두부를 구워 먹는다. (이 글을 쓰면서 채소를 더 먹어야겠다고 다짐한다.) 점심을 먹고, 집을 나선다. 오후부터 밤까지는 사람을 대면하는 일을 한다. 수업과 회의, 촬영이 이어진다.

낮잠은 집필 기간에만 잔다. 온종일 집에서 글을 쓰는데, 낮에 졸음이 쏟아진다. 이 기간에는 평소보다 많이 자서 8시간 정도 잘 자고 일어나도 낮잠이 오는 게 신기하다(그래서 식사량을 줄여 낮잠을 물리치는 수를 쓴다). 낮잠은 1시간 정도 잔다. 알람을 맞추지 않고 스르르 눈을 뜬다. 머릿속이 맑아져 쓰고 싶은 의욕이 샘솟는다.

기업 강의는 오전 오후, 홍버튼 강의는 저녁에 한다. 저녁 수업은 수강생이 막차를 탈 수 있도록 늦어도 자정 전에 마친다. 나는 수업이 끝나면 사무실을 정리한 뒤 집에 가거나 마감을 앞둔 원고를 쓴다. KBS 라디오를 3년째 출연하고 있다. 한민족방송 〈말 트고 마음 트고〉 '아나운서 따라잡기'의 고정 패널이다. 아나운서 따라잡기는 매주 일요일에 방영하는데, 3주 치를 한 번에 녹음해서 17분 분량의 원고가 세 편이 필요하다. 나는 대부분 녹음 전날에 완성한다. 이외에 칼럼도 쓰는데, 매달 한 편씩 기고한다. 이런 날은 하루에 16시간 일한다.

왜 이렇게까지 일하냐고 묻는다면, 정말 솔직히 말해서 일하고 있다는 생각이 들지 않는다. 노는 기분이다! 나는 직장을 다닐 때도 그랬다. 방송국은 놀이터였다. 카메라에 내가 어떻게 나오는지, 방송이 나간 뒤 시청자의 TV

에 어떻게 송출되는지, 뉴스 자막은 어떻게 넣는지, 메이크업은 어떻게 하는지, 의상은 어떤 과정으로 의상실에 오는지, 기상캐스터는 어떻게 날씨 정보를 접하는지, 작가는 어떻게 사람을 섭외하고 기획하는지 궁금했다. 그럴 때마다 선배에게 물었고, 하나씩 배웠다. 방송국에는 배울 게 많았고, 알아갈수록 내 실력이 늘었다. 아침 7시에 출근해서 자정에 퇴근하거나 인근 여관에서 잔 적도 있다. 아무도 시키지 않았는데, 재미있어서 야근하고 숙박까지 했다. 월급이 들어오면 신기했다. 노는데 돈을 주다니! 배우면서 돈을 받다니!

물론 재미없을 때도 있었다. 내가 이런 일까지 해야 하나 회의감이 들기도 했다. 싫어하는 사람이 지나갈 때면 숨통이 막혔다. 출근길이 괴로울 때도 있었다. 그러면 진지하게 고민했다. 무엇을 할 것인가. 정말로 하고 싶은 일은 무엇인가. 이 소중한 시간을 어떻게 쓸 것인가. 나는 도전적인 일에 재미를 느끼고, 어려운 과제를 해낼 때 성취감을 느낀다. 그걸 찾아서 여러 번 이직했고, 어느 회사든 무슨 일이든 재미있고 재미없다는 걸 알았다.

나는 매일 재미있고 의미 있는 일을 하고 싶다. 내가 하고 싶은 일을 마음껏 하고, 함께 일하고 싶은 사람과 즐겁게 일하는 환경을 만들고 싶다. 이게 내가 회사를 차린 이유다. 남의 회사에 다닐 때도 재미있으면 전부를 바치는 나였으니, 나의 회사를 운영하는 지금은 어떻겠는가. 일이 너무나 재미있어 큰일이다. 나는 계속 일하고 싶다. 잠이 들지 않아도 체력이 회복되는 약이 나오면 좋겠다. 한번은 침대에 누워 '잠이 들기 싫은 이유'를 검색했다. 잠이 오는 걸 참으면서.

"어른은 잠을 자야 체력이 회복된다는 사실을 알지만, 아이는 수면의 중요성을 알지 못한다. 세상의 모든 게 궁금하고 재미나 깨어 있는 시간이 즐거울 뿐이다. 그래서 눈꺼풀이 내려오고 몸이 피곤해도 잠들면 더 놀 수 없다는 생각에 잠자리를 거부하는 것이다. 아이를 억지로 재우려고 하면 거부감이 심해질 수 있다. 아이에게 잠자는 일은 먹는 것, 화장실에 가는 것과 같이 꼭 필요한 일이라고 하되 자고 일어나면 더 재미있게 놀 수 있다고 알려준다."

푹. 아이가 자기 싫어하는 이유가 내 마음과 똑같다니! 자고 일어나면 더 재미있게 놀 수 있다고 알려주라는 대목이 압권이다. 그래. 내일 더 재미있게 일할 수 있어. 오늘 밤에도 나한테 알려줘야지.

나는 흥루키다!

5분만 달려도 숨이 가빴다. 그때 김성우 코치를 만났다. 《30일 5분 달리기》에서 그는 강조했다. "내가 할 수 있는 달리기를 하면 내가 할 수 없는 달리기를 할 수 있다. 코로 호흡이 편한 속도로 천천히 뛰어라. 풍경이 눈에 들어오고, 옆 사람과 대화를 나누고, 미소를 지을 수 있는 속도로. 5분 달리기부터 시작하라." 5분만 달려도 괜찮다는 말에 힘이 났다. 김성우 코치는 뛰다가 힘들면 걸어도 괜찮다고 했다. 그의 말이 나를 격려했다.

그는 달리기 영상을 인스타그램에 올리는데, 아이처럼 해맑게 웃는다. 뛰면서 웃다니! 달리면 괴롭지 않아? 어떻게 이렇게 평온할 수 있나. 나도 웃으면서 뛰고 싶다. 그런 날이 올까. 나 자신을 못 믿을 때는 믿음직한 타인을 믿는다. 김성우 코치는 마라톤 풀코스를 3시간 안에 완주하는 서브3 실력자다. 케냐에서 세계 정상급 달리기 선수와 전지훈련도 할 만큼 달리기를 사랑한다. 나는 달릴 때마다 그의 말을 상기한다. '5분만 달리자. 미소를 지으면서.'

이러면 느리게 뛸 수밖에 없다. 빨리 걷기보다 아주 약간 빠른 속도다. 이걸 뛴다고 할 수 있나? 하와이에는 날쌘 러너가 많다. 웃통을 벗은 러너가 내 옆을 휙 지나가면 괜히 위축된다. 달리기 초보지만, 초보 티가 나는 건 좀 그렇다. 내가 방해꾼이 된 기분이다. 그럴수록 고개를 들고 풍경을 본다. 나는 지금 하와이에서 달린다! 꿈속을 달리는 기분이다. 지금도 눈을 감으면 와이키키가 펼쳐진다.

오늘 치의 글을 쓴 뒤 러닝화를 신고 바다를 향해 달린다. 문을 열고 나설 때부터 미소가 나온다. 맥도날드에

서 횡단보도 하나를 건너면 정박한 요트가 늘어선 해안
가다. 배가 묶인 항구를 바라보면 안정감이 든다. 요트에
서 느긋하게 맥주를 마시는 뱃사람을 차례로 스쳐 지나
간다. 손을 맞잡고 나란히 걷는 노부부의 뒷모습을 보는
것도 달리는 즐거움 중 하나다. 태양을 향해 힘껏 달린다.
알라모아나 공원 코코넛 트리 포인트 도착. 바닥에 앉
는다. 내 옆으로 사람들이 하나둘 자리를 잡는다.

우리는 수평선을 바라본다. 오후 6시, 태양에 매혹당
하는 시간. 태양은 순식간에 하늘을 온통 분홍색으로 물
들인다. 찬란하고 거대하고 횡포하기까지 한 아름다움.
바다 위에서 펼쳐지는 찰나의 장관. 파도도 이 순간만큼
은 멈춰서 태양을 본다. 나는 이 광경이 좋아서 해 질 무
렵에 자주 달렸다. 그전까지 최선을 다해 글을 썼다. 하와
이의 석양에 기꺼이 사로잡히기 위해. 그렇게 하와이에서
머무는 50일 동안 거의 매일 글을 쓰고 달렸다.

달리는 거리를 신경 쓰지 않고, 달리는 시간에 주목
했다. 시간에 주목하는 것은 1킬로미터를 몇 분간 달리는
지 속도를 보는 게 아니다. 달린 총시간을 보는 것이다. 이

를테면 2킬로미터든 5킬로미터든 상관없이 20분 동안 달리는 데 신경 쓰는 것이다. 그랬더니 달리기가 순수하게 즐거웠다. 고통과 기쁨 속에서 글을 쓰다가 달리러 나오면 자유롭고 행복했다(이 감각은 지금도 이어진다). 달린 지 6개월쯤 지났을 때 잘 달리고 싶은 마음이 생겼다.

마침 미국에 사는 김성우 코치가 2023년 여름, 한국에 들어와 달리기 수업을 열었다. 학창 시절 이후 단체 운동은 오랜만이었다. 더욱이 낯선 사람들과 하는 단체 운동은 처음이었다. 첫날 돌아가면서 자기소개를 했다. "달리고 글을 쓰는 하루키를 따라서 달리다가 여기까지 왔습니다." 왠지 거창한 소개를 한 것 같아서 쑥스러웠다. 그러나 이 소개 덕분에 그해 겨울 하루키가 자주 출전한 호놀룰루 마라톤에 참가하고(이 이야기는 뒤에서 더 자세히 하겠다), 하루키를 인터뷰한 기자도 만났다. 진실은 언제나 유용하다.

달리기를 삶에 중요한 축으로 만들고자 하는 사람들이 모였다. 스트레칭으로 몸을 풀고 트랙을 함께 달리는데, 금세 지치고 짜증이 났다. 숨 막히게 더웠고, 멈추고 싶은 마음을 견딜 수 없었다. 무리에서 빠져나와 해를 피해 천막 밑에서 쉬었다. 얼굴이 벌겋게 달아올랐다. 나와는 정반대로 평안한 얼굴인 러너가 달리면서 말을 건넸다. "왜 거기 있어요? 좀 쉬다 와요." 나는 조금 쉬다가 다시 달렸다. 또 다른 러너가 다가와서 내 속도에 맞춰 달렸다. 처음엔 자기도 그랬다고, 천천히 달리면 괜찮아진다고 했다.

낯선 러너들은 계속해서 응원을 보냈다. 한번은 운동장 열 바퀴를 달리는 날이었다. 세 바퀴 정도 남았을 때 그만하고 싶었다. 나는 끝 레인에서 땅을 보면서 천천히 뛰고 있는데, 내 옆으로 힘든 기색이 역력한 러너가 지나가면서 말했다. "힘내요." 나도 응원을 돌려주고 싶었지만, 소리가 나오지 않았다. 친절은 체력에서 나온다. 달리기를 마친 러너들은 그늘에서 쉬지 않고, 뙤약볕에 서서 두 팔을 들어 응원했다. "다 왔어요! 파이팅!" 그들의 응원을 무색하게 만들고 싶지 않아 달렸다.

그때 문득 고등학교 때 오래달리기를 했던 기억이 떠올랐다. 체육 시간이었다. 친구들과 학교 운동장에서 떠들면서 달렸다. 나는 선두에서 달렸고, 뒤처진 친구에게 응원을 보냈다. 중학교 때는 친구끼리 다퉈 체벌로 오래달리기를 한 적이 있다. 오래달리기가 끔찍했던 소녀들은 서로를 째려보면서 달리다가 금세 신나서 웃고 화해했다. 함께라서 즐거웠던 날들이 내 삶에 있었다. 혼자가 익숙한 줄 알았는데, 상처받지 않으려고 경계하는 나를 발견했다. 마음에 빗장이 서서히 풀려갔다.

낯선 사람들은 내 삶에 불쑥 친절을 놓는다. 처음엔 파악을 못 하다가 뒤늦게 정체를 알아차린다. 그 친절로 나는 완주해 뿌듯했다. 그 뿌듯함은 타인의 친절로 빚어진 것이다. 이러한 기억이 나를 어제보다 나은 사람이 되고 싶게 한다. 삶은 나의 의지만으로 힘겨울 때가 있다. 타인이 보내는 힘이 내 인생을 끌어줄 때, 나는 그것을 친절이라고 부른다.

2년 동안 달리면서 두 번 10킬로미터 대회에 출전했다. 첫째 경기에서는 67분, 둘째 경기에서는 57분에 들어왔다. 대회에 나가면 '나는 이만큼은 달릴 수 있는 사람'이라는 각인이 새겨진다. 더 먼 거리를 달릴 수 있을까. 나는 주로 한강을 달리는데, 대교 세 개를 한 바퀴 돌면 10킬로미터다. 더 오래 달려보자는 마음이 든 날은 2024년 5월 6일, 어린이날 다음 날이었다. 봄이 왔고, 이른 더위가 찾아왔지만, 이날만큼은 반가운 비가 내렸다. 대교 다섯 개를 크게 한 바퀴 돌자. 공휴일이었지만 비가 와서 한강에는 사람이 거의 없었다. 몇 명의 러너가 빗속을 달렸다. 궂은 날씨에 달리는 사람은 생을 열심히 붙들고 있는 거야. 이 길 위에서 자신의 한계를 마주하고 조금씩 한계점을 높이는 사람들을 마주친다. 멈추지 않으면 된다. 달콤한 포상도, 미래의 거창한 꿈도 중요하지 않다.

마지막 대교가 보일 때 마음속에서 조용한 외침이 터졌다. "할 수 있다. 하고 있다. 한다!" 수식어도 필요 없다. 더뎌도 괜찮다. 하는 것 자체에 가치가 있다. 막막해도 불안해도 일단 했으면 멈추지 않는다. 그것이 올바른 방향이고, 그것을 할 때 내 안에 즐거운 확신이 있다면, 그것만으로 충분하다. 한계란 없다. 멈추지 않으면 도달한다. 무엇보다 중요한 것은 '계속하는 것'. 인생은 계획대로 되지 않지만 생각한 대로 된다.

나는 마침내 19킬로미터를 주파했다. 1시간 49분 만이다. 기록을 확인한 결과, 가장 빠른 속도로 최장 거리를 달렸다. 나는 무엇이든 못 해낼 게 없다. 스스로 한계를 무너뜨리는 것, 장벽을 부수고 높이 뛰어오르는 것, 무한한 가능성에 몸을 던지는 것, 이 순간 살아 있음에 경이롭다. 그새 이만큼 달릴 수 있는 사람으로 성장했다. 혹독한 시련을 견디면 광활한 기쁨의 평야를 마음껏 달릴 수 있다. 나는 자생하는 강인함에 매료됐다.

　2024년 10월 19일에는 경주 마라톤에 참가했다. 하프 21킬로미터를 완주했다. 2시간 24분 동안 달렸다. 길 위를 이렇게 오래 달린 건 처음이었다. 전날 서울역에서 경주로 가는 KTX에 타자마자 나는 알았다. 내가 무사히 완주할 거라는 사실을.

　전날 3시간도 못 잤고, 도중에 화장실도 갔고, 길이 지겹기도 했다. 그러나 천천히 완주만 하자고 마음을 다스렸다. 거리에 응원을 나온 사람들과 눈을 맞추며 인사하고, 노랗게 익어가는 논과 첨성대를 눈에 담았다. 많은 것이 눈앞에 펼쳐졌다. 5분만 뛰어도 힘들어하던 내가 그동안 세계 이곳저곳을 누비며 뛰었다. 달리면서 발견한 새로운 내 모습, 길 위에서 만난 러너 친구들, 그들의 응원과 격려. 어제까지 달려온 내가 있어서 오늘의 내가 달릴 수 있다. 나의 인생은 흐르는 대로 살지 않겠구나. 나는 강물을 거스르고 파도를 타고 나아갈 것이다. 내가 가고자 하는 곳으로. 나는 변함없이 이 마음으로 살아갈 것이다. 이외의 것은 다 변할 것이다. '나는 삶을 뜨겁게 사랑하는 사람'이라는 각인을, 이번 경주에서 얻었다.

언젠가 풀코스 마라톤에 나가는 날이 오겠지. 결승선에서 러너의 환희와 눈물을 봤다. 그때 나의 미래를 예감했다. 달리면서 지내온 날들을 돌아보면, 달리기에 감사하지 않을 수 없다. 무라카미 하루키 덕분에 달리기에 빠졌다. 나는 그게 고마워서 달리는 나를 '훙루키'라고 이름을 지었다. 김성우 코치 덕분에 꾸준히 달리는 데 커다란 도움을 얻었다. 달릴 수 있는 길을 만들어준 모든 사람과 달리는 나에게 지지를 보내는 독자와 수강생에게도 고맙다. 이 글을 쓰도록 나를 세상에 태어나게 해준 부모님과 조상과 이 공간에 감사하다. 그리고 꿈을 위해서 지쳐도 다시 일어나 계속 달리는 나의 정신과 육체의 조력에 무한한 감사를 표한다.

하루키는 달리기를 배운 적이 없지만, 나는 배우는 것을 좋아해 달리기를 배웠다. 물론 배우지 않아도 잘 달릴 수 있다. 그러나 이보다 더 중요한 것은 '하고 싶은 마음'이다. 하루키도, 홍루키도 누가 시키지 않았지만 스스로 달렸다. 아무도 시키지 않아도 좋아서 할 때 진정한 의미로 '하고 있다'고 말할 수 있다. 만일 이 글을 읽고 달리고 싶은 마음이 든다면 운동화를 신고 가볍게 달려보자. 하루 5분씩, 미소를 지으면서.

문학 주간으로
나를 채우다

나는 강의할 때 모든 것을 알려준다. 비울 수 있는 데까지 비운다. 그러면 채우고 싶다. 내가 오늘까지 알고 있는 것을 쏟아내는 이유는 수강생을 위한 것도 있지만, 기본적으로는 나를 위한 것이다. 나는 흘러가고 싶다. 인간은 살아 있고, 지구에 있는 모든 것은 처음 그대로인 것이 없다. 생명은 태어나고 죽고, 생명이 없는 것도 세월에 따라 변한다. 모든 것이 흘러간다. 나의 내면도 흘러가는 상태로 둔다. 담고, 비우고, 채운다. 이를 위해 '홍버튼 문학 주간'을 갖는다.

어느 날, 일하면서 시간이 없다는 이유로 책을 읽고 싶은 마음을 외면했더니, 책만 읽고 싶은 욕구가 몸집을 키워 나를 지배했다. 게리 켈러와 제이 파파산은 《원씽》에서 "연초에 미리 휴가 기간을 정해 쉬라"라고 했다. 마침 연초였고, 나는 흥버튼 문학 주간을 제정했다. 일반적으로 문학 주간은 문학 작가와 독자의 만남의 장을 뜻한다. 흥버튼 문학 주간은 나와 문학이 깊이 만나는 장이다.

흥버튼 문학 주간은 책만 읽는다. 일상의 한 칸에 책을 끼워 넣는 게 아니라 책으로 도배한다. 세상사는 책장의 빈칸에 둔다. 공사를 망라하고 중요한 건, 책 읽기뿐이다. 눈을 뜰 때부터 잠들 때까지 책만 읽는다. 에어비앤비로 숙소를 고를 때 책이 있는지 살핀다. 그런 집은 웬만하면 책 읽기 편한 책상이 있다. TV가 있어도 켜지 않는다. 자다가도 깨면 책을 펼친다. 화장실에서도, 반신욕을 할 때도 책을 읽는다. 핸드폰이나 노트북으로 넷플릭스가 보고 싶어지면 구독을 해지한다.

밖에서도 책만 읽는다. 북카페를 우선 간다. 북카페가

없으면 내부에 책이 있는 카페로 간다. 그런 카페는 역시 책 읽기 편한 책상이 있다. 밥을 먹을 때도 책을 읽는다. 스티븐 킹은 《유혹하는 글쓰기》에서 말했다. "예절을 따지는 곳에서는 식사 중에 책을 읽는 것이 무례한 행동이지만, 작가로 성공하고 싶다면 그런 사소한 예절에 연연하지 말아야 한다." 나는 이 글을 읽을 때도 식당에서 밥을 먹고 있었다.

핸드폰은 방해금지 모드를 한다. 세상과 단절한 채 책의 세계에 진입한다. 나는 음악을 들으면서 책을 읽는다. 소음을 차단하는 노이즈 캔슬링 헤드셋을 애용한다. 이 상태로 몇 시간씩 독서에 빠진다. 음악은 애플 뮤직으로 추천 선곡을 듣는다. 지금 내 귀에는 heyden의 〈let's play tug〉라는 곡이 흐르고 있다. 당장이라도 사랑하는 사람과 산책하고 싶게 하는 노래다.

2021년 8월, 서귀포에서 첫 문학 주간을 가졌다. 위미리 바닷가를 드라이브하다가 마을의 수호신 같은 큰 나무 아래 평상을 발견했다. 거기서 프로이트의 《꿈의 해석》을 읽었다. 이때만큼은 음악을 듣지 않고 파도 소리를 배경 삼아 책을 읽었다. 널따란 바다가 광활하게 펼쳐져 있었다. 구름 하나 없이 파란 하늘은 소진해 비워진 내 모습 같았다. 드넓은 바다는 무한한 생명을 품은 채움의 상징 같았다. 바다와 파란 하늘이 조화로운 것처럼 나도 균형 있게 비우고 채우고 싶다고 생각했다. 동네 할머니 두 분이 오셨고, 책 읽는 내게 식혜를 나눠줬다.

제주에는 늦게까지 여는 카페가 많지 않다. 한 호텔 1층에 있는 카페가 새벽 1시까지 영업하길래 갔다. 웬걸. 디제이가 있는 클럽이었다. 맥주와 춤 속에서 책을 읽으니까 독서가 흥에 겨웠다. 그 후로 늦게까지 책을 읽고 싶으면 바에서 책을 읽기도 한다.

문학 주간은 소중하기 때문에 좋아하는 책을 선별해서 가져온다. 나는 좋아하는 책을 여러 번 읽는 것을 좋아한다. 읽을 때마다 새로운 대목이 눈에 들어온다. 몇 년 전에는 보지 못한 구절이 크게 보인다. 내가 흘러가는 생명체라는 증거다. 겪어가는 것이 쌓이면서 세상을 바라보는 시선도 달라진다(제발 옳은 방향이기를 기도한다). 책과 나, 이 단순한 삶이 무척 마음에 든다.

책방에도 자주 간다. 문학 주간 필수 코스다. 책을 볼 때는 조금이라도 다칠세라 살며시 열어 읽는다. 책방 전체를 한참 둘러보며 여러 권을 구매한다. 주인은 "책을 많이 좋아하시나 봐요"라고 말한다. "네." 쑥스러워서 짧게 대답했지만, 이 자리를 빌려 전하고 싶다. "책방을 열어 세상 곳곳을 온기로 채워주셔서, 훌륭한 작가님들의 책과 그 작가님들을 직접 만날 수 있는 북토크도 열어주셔서 고맙습니다. 이런 책방이 존재하는 한 세상은 더 나은 곳이 되리라 믿습니다." 책방이 오랫동안 존속하기를 진심으로 바란다.

이미진의 《파친코》를 읽다가 부산 영도에서 문학 주간을 가진 적도 있다. 《파친코》는 한때 귀해서 서점에서 사서 볼 수 없었다. 동네 북카페에 《파친코》가 있었는데 다른 주민이 먼저 읽고 있어서 마음이 쓰렸다. 일할 때도 《파친코》가 떠올라 집에 달려가고 싶었다. 어릴 적 만화책을 빌려보던 시절 같았다. 휘몰아치는 전개와 상세한 묘사로 나의 머릿속엔 《파친코》의 배경인 부산의 작은 섬, 영도에서 선자가 생생하게 살아 있었다.

때마침 부산 기업에서 강의가 들어왔고, 나는 운명으로 받아들였다. 영도에 갈 수밖에 없는, 문학을 더 재미있게 읽을 수밖에 없는 나의 운명. 부산에서 《파친코》를 읽을 수 있다면 얼마나 좋을까. 부산 북카페에는 《파친코》가 있을지도 몰라. 흥버튼의 상상은 현실이 된다! 영도를 둘러보고 숙소 옆 북카페에 갔다. 그곳에서 《파친코》를 만났다! 감격스러워 그 자리에서 다 읽었다. 이외에도 국내에서는 전주, 춘천, 고성, 속초, 경주, 세종, 가파도에서 문학 주간을 가졌다.

문학 주간은 현실을 초월하게 한다. 세상과 단절한 나는 오직 문학의 형상에 존재한다. 땅에 발을 딛고 있으나 육체와 분리된 영혼은, 마음껏 몽상을 향유하다가 기어코 감각을 껴안은 채 내게로 합류한다. 여기가 섬인지 구름 위인지. 생전 경험하지 못한 곳으로 나를 데려간다. 그러고는 깨닫는다. 배가 바다를 부수고 항해하며 하얀 물결의 잔해를 흩뿌리며 끝내 나아가는 것처럼, 인생은 스스로를 깨부숴 전진하며 결국 이뤄내는 여정이다.

독서는 나에게 마음의 양식을 넘어 생존에 필수다. 문

학은 산해진미다. 문학으로 유족하고 철학으로 사유하고 시로 만감을 깨운다. 문학에 경탄하고 찬미하는 시간, 나의 문학 주간이다. 은유는 《글쓰기의 최전선》에서 말했다. "무언가를 좋아한다는 말은 그 일이 우선이라는 뜻이다. 돈과 시간을 들여도 아깝지 않고 그쪽으로만 생각이 쏠리고 영감이 생기고 일이 되는 쪽으로 에너지가 흐르는 것. 그게 무엇에 빠진 이들의 일반적인 증상이다." 고로 나는 책에 빠졌다.

이 책이 출간되면 나는 문학 주간을 가질 것이다. 내가 글을 쓰는 기간은 '문학 집필 출장'이다. 두 가지는 엄연히 다르다. 문학 주간은 내 글을 쓰지 않고, 작가의 글에 몰두한다. 문학 집필 출장은 내 글을 쓰는 데 몰두하고, 작가의 터전에서 영감을 얻고, 쉬면서 작가의 글을 읽는다. 문학 주간은 채움, 문학 집필 출장은 비움이다. 공통점이 있다면 '문학'이 함께한다는 것. 문학이 맨 앞에 존재한다.

활자로 따뜻한 생각을 나눠주는 글을 보면 순식간에 행복해진다. 내게는 이런 책들이 많다. 펼치자마자 행복한 책들. 그래서 문학 주간이 기다려진다. 나의 행복을 발견하는 시간이니까. 나는 이 기간에 책을 읽으면서 나와 대화한다. "너는 이 문장에 감동하는구나. 왜? 어떻게 와닿아?" 나는 강의할 때 문학 주간에서 얻은 깨달음을 알린다. 책 이야기가 자주 등장한다. 훌륭한 책은 많은 독자가 읽으면 좋으니까. 그러면 세상은 더 좋아질 테니까.

문학 주간을 갖고 싶은 독자를 위해 방법을 나눈다. 며칠씩 문학 주간을 가져도 좋고, 하루에 4시간 세미 문학 주간을 가져도 좋다. 깊이 읽는 것이 중요하지, 많이 읽는 것은 중요하지 않다. 책 속에 담긴 지혜가 나의 지혜로 스며들기 위한 시간이다. 책을 읽으면서 밑줄을 긋고, 생경한 단어가 나오면 국어사전으로 뜻을 보고, 마음을 울리는 문장이 있으면 따라 적고, 그 옆에 감상문도 쓴다. 새로 만난 단어로 문장도 만들어 본다. 그 순간에 든 감정과 생각이라면 무엇이든 좋다. 좋은 글은 진솔한 글이다. 완전한 몰입의 세계로, 당신만의 문학 주간으로 빠져보기를 바란다.

못한다고 생각하는 것이
잘하고 싶은 것이다

　나는 죽음을 앞둔 사람들이 쓴 책을 여러 권 읽었다.
"더 많이 춤을 추리라. 더 뜨겁게 사랑하리라. 생각을 줄
이고 행동에 옮기리라." 예전으로 돌아간다면 하고 싶은
것을 말했다. 하지 못한 것에 대한 후회였다. 나는 후회가
싫다. 정확히는 후회에 따르는 부정적인 감정을 좋아하
지 않는다. 지난날 하지 않은 일은 객관적인 사실이지만,
그걸 바라보는 오늘의 나는 아쉬워하면서 후회한다고 말
한다. 즉, 후회는 감정의 또 다른 표현이다.

내가 오랫동안 후회한 게 있다. 캐나다에 유학을 가지 못한 것이다. 스물두 살쯤 기회가 있었는데, 못 갔다. 어릴 때는 영어를 잘하고 좋아했지만, 안 쓰다 보니까 점점 멀어졌고 영어 울렁증이 생겼다. 길에서 외국인을 만나면 피했다. 주변인들은 내가 영어를 잘할 거라고 기대했다. 그럴수록 나는 입을 다물었다. 영어를 못한다는 사실을 들키면 안 되는 것처럼. 영어를 다시 배우려고 학원도 가봤지만, 어색해서 금방 관뒀다. 그럴 때마다 '캐나다로 유학 갔으면' 하고 후회했다. 그러나 지금의 나는 후회를 멈췄다. 말하기 덕분에 깨달은 것이 있다.

나는 영어를 '못'하는 게 아니라 '잘'하고 싶은 것이다. 발표도 마찬가지다. 과거의 나는 발표를 못한다는 생각에 어떻게든 피했다. 말을 잘하는 사람을 보면 주눅이 들어 창피했다. 말을 못하는 내 모습을 들키지 않으려고 했다. 그러나 사회 생활을 하려면 더는 피할 수 없었다. 면접을 준비하면서 목표는 합격보다 면접에서 창피하지 않게 답하는 것이었다. 악착같이 준비하고 면접에 도전한 결과 더는 면접이 무섭지 않았다.

회사에서 발표할 일이 있었다. 생각만으로 창피해 피하고 싶었지만, 퇴사하지 않으면 피할 수 없어서 부딪쳤다. 말하기를 공부할수록 실력은 늘고, 발표도 사회도 보고도 편해졌다. 그래서 깨달았다. 내가 '못'한다고 여기는 것이 내가 '잘'하고 싶은 것이다! 창피함을 강렬하게 느낄수록 강렬히 잘하고 싶다는 뜻이다.

반대의 경우를 생각하면 확실히 알 수 있다. 창피함을 전혀 느끼지 않는 경우는 잘하고 싶은 생각이 없는 것이다. 그걸 잘하는 사람 앞에서 창피함도, 부러움도 느끼지 않는다. 이를테면 북한산 백운대 정상에 올라가는 길에 인수봉이 보이는데, 줄에 몸을 매달고 바위를 올라가는 암벽 등반가를 볼 수 있다. 나는 감탄한다. 그러나 '나는 왜 저렇게 바위를 못 오르지? 왜 나는 줄에 매달려 산에 오르지 않고, 두 발로 걸어 올라가지? 창피해' 같은 생각을 해본 적은 없다.

치과 의사에게 충치 치료를 받을 때도 동일하다. '나는 왜 저 의사처럼 충치 하나 발견하지도, 치료하지도 못하지? 나는 왜 의학 공부를 하지 않았지? 창피해'라는 생각을 해본 적이 없다. 수강생 중에 천문우주과학 박사가 있다. 그가 우주선 발사와 관련해 말하는데, 내가 아는 건 하나도 없다. 그러나 전혀 창피하지 않았다. 그가 대단해 보이는 한편, 나는 과학 분야에 관심이 없다는 것을 다시 한번 알았다.

바리스타 자격 시험을 볼 때도 그랬다. 에스프레소 잔의 커피가 넘치려고 했다. 결격 사유가 될 뻔한 상황이었다. 커피 전문가인 심사위원들이 빤히 보고 있었지만, 나는 일말의 창피함을 느끼지 않았다. 되려 웃음이 나왔다. '나는 바리스타에 소질이 없군.' 이 시기에 제과제빵 학원도 다녔는데, 2주 만에 그만뒀다. 레시피대로 정량을 맞춰 빵을 만드는데, 나는 여기서 두 손 두 발 들었다. 하지만 다른 사람들은 정량을 따랐고, 오븐에서 빵이 나오면 재미있어했다. 나는 그들을 응원하는 한편, '빵은 돈을 주고 사 먹어야지' 결심했다. 덕분에 나라는 사람은 규정을 따르는 일에 서툴고, 자유로운 분위기에서 창의적으로 무언가를 만들어내는 것을 좋아하고 잘한다는 것을 알았다.

그런 내가 오직 영어 앞에서만 작아졌다. 교포 수강생이 있다. 그는 영어가 모국어다. 기업의 대표인데, 대표다운 한국어를 구사하고 싶다는 이유로 나를 찾아왔다. 한국에 온 지 7년 됐고, 그때부터 한국어를 배워서 일곱 살 수준으로 말했다. 그는 한국어로 말하다가 답답하면 영어로 말했는데, 내가 못 알아듣는 단어가 있으면 창피했다. 그가 영어로 대화하자고 하면 내 목소리는 기어들어갔다. 그때 깨달았다. 내가 왜 창피하지? 영어는 내 모국어가 아닌데? 그는 교포지만 한국어를 못한다고 부끄러워하지 않았다. 어눌하지만 당당하게 자신의 견해를 밝혔고, 그런 모습이 멋있어 보였다. 그를 보면서 나의 모국어는 한국어이고, 그가 한국어를 대하듯 나도 영어를 대하면 된다고 생각했다. 내가 만일 이탈리아어를 배운다면, 자책하거나 창피해할까? 전혀 그렇지 않을 것이다. 인사말 하나 배우는 것도 재미있어할 것이다.

이런 마음으로 무엇이든 시작하면 된다. 내가 창피하다는 것은 잘하고 싶다는 증거다. 잘하고 싶어서 긴장하고, 기준이 높아서 어느 정도 할 수 있으면서도 못한다는 말로 과소평가한다. 이 발견이 중요하다. 부럽다, 창피하다는 것은 그 능력을 갖고 싶다는 뜻이다. 나는 이 사실을 깨닫고 더는 영어 앞에서 창피함을 느끼지 않는다. 이것은 삶에 긍정적인 작용을 한다. 예전에는 나를 못하는 사람이라고 스스로 낙인찍고 들키지 않으려고 피했다면, 이제는 잘하고 싶은 걸 아니까 잘하는 사람을 찾아 배우고 공부한다. 과연 영어를 잘하면 어떤 모습일까. 전 세계를 돌면서 활약하는 모습이 그려졌다. 멋있어! 도전! 영어 울렁증부터 없애자.

　재효 씨는 제대하고 호주에 날아가 일하면서 영어를 배웠고, 인도, 태국, 아프리카를 돌면서 한국에 들어와 여행 사업을 한다. 존경심이 들었다. 몸으로 부딪쳐서 배운 영어. 나는 그에게 영어를 배우고 싶었다. 그래서 제안했다. "서로 재능 기부를 합시다." 우리는 2년 가까이 일주일이나 격주로 한 번씩 만나서 나는 말하기를, 그는 영어를 알려줬다. 나는 영어로 말하면 목소리가 어찌나 작아지는지. 그래도 꾸준히 한 결과 자신감이 생겼고, 영어로 말하는 게 어색하지 않았다. 이것만으로도 놀라운 변화다!

그가 외국인 친구와의 등산을 주선했다. 이십 대 딸이 케이팝을 좋아해서 함께 우리나라에 놀러 온 오십 대 미국 여성이었다. 딸은 아이돌 춤을 배우러 갔고, 그는 나와 북한산에 갔다. 외국인과 단둘이 시간을 보내는 건 처음이다. 긴장했지만 예전처럼 피하고 싶은 마음은 없었다. 영어에 대한 거부감이 줄어든 것을 느꼈다. 우리는 산을 오르면서 사랑 이야기를 했다. 사랑 이야기는 언제나 재미있다. 한국어로 했다면 깊은 대화를 했겠지만, 영어로 하려니까 쉬운 단어만 나왔다. "몇 번의 사랑이 지나갔어요. 나는 또 사랑할 거에요." "그레잇! 사랑은 좋은 거예요!"

이제는 외국인이 길을 헤매면 도와준다. 외국인 관광객이 있으면 "사진을 찍어줄까요?"라고 먼저 말을 건네기도 한다. 한강을 뛰면서 외국인을 마주치면 눈인사도 한다. 그사이 내 사업은 점점 안정되고 있었다. 그것 역시 다른 것을 못해도 괜찮다는 위안을 줬다. 나는 말하기 교육을 한다. 그것은 내 사업이 존재하는 이유이고, 나는 그에 따른 대가를 받는다. 그러므로 잘해야 한다. 나는 말하기로 다정한 세상을 만든다는 꿈과 나를 찾아온 사람의 꿈을 이루기 위한 일을 탁월하게 잘하고 싶다.

그렇다면 여타의 다른 것은 잘할 때까지 시간이 걸릴 수밖에 없다. 시간은 무한히 흘러가지만, 하루에 내가 노력을 들일 수 있는 시간과 체력은 유한하다. 자고, 먹고, 사랑하는 일상을 살기 위해 일정한 시간을 들인다. 그러니 나는 영어에 있어서 조금이라도 할 수 있는 한 시간을 들여서 공부한다는 것은 상당한 의미가 있다. 그것만으로 이미 무언가를 해내고 있는 것이다.

나는 '하고 있는 것'이 '잘하는 것'이라고 새로운 정의를 내렸다. 아이가 두 발로 일어나 걷기 시작할 때 한 발짝만 내디뎌도 어른은 환호한다. "아이구, 잘한다!" 바로 이 '잘한다'를 나에게 적용했다. 무언가를 시작하는 단계는 아이가 내딛는 한 발자국과 다르지 않다. 그렇게 한 발자국씩 내딛다 보면 잘 걷게 된다. 그다음에는 하고 있는 것. 하고 있는 것은 시간이 흘러 잘하는 것이 된다. 그러므로 하고 있다면 잘한다고 말할 수 있다.

03

사랑을 찾아
떠나다

가슴 떨리게 사랑하는 것을 찾아 나서려면 용기가 필요하다.
사랑을 좇아 밖으로 나가겠다는 한 발짝의 용기.
그것만 있으면 언제나 사랑할 수 있다.

나의 마라톤 결승점은
무라카미 하루키다

2023년 12월 10일 새벽 5시, 와이키키 바다 위로 화려한 불꽃이 터진다. 출발을 알리는 축포다. 러너들은 파이팅을 외치며 어둠 속으로 힘차게 땅을 박차고 나간다. 호놀룰루 마라톤이 시작됐다. 나는 10킬로미터를 달린다. 하와이에서 달린 지 1년 만이다. '적어도 끝까지 걷지 않았다. 적어도 끝까지 걷지 않았다.' 무라카미 하루키의 말을 되새긴다. 코로 호흡하면서 거리의 풍경을 감상하며 나만의 속도로 달린다. 내가 와이키키 도로를 달.린.다.

새벽잠을 마다하고 거리로 나온 사람들이 응원을 보낸다. 북을 치며 흥을 돋우는 사람, 플래카드를 들고 손을 흔드는 사람, 횡단보도에 앉아 가부좌를 틀고 명상하는 사람도 있다. 몇 명을 추월해 나간다. 이만하면 꽤 왔겠지. 5킬로미터 표지판이다. 이런, 아직 절반이나 남았다니. 아니야, 절반이나 왔어. 이대로 인내하면 도착할 것이다. 생각을 비우자. 앞을 봐. 바다다. 저기를 돌면 와이키키 해변이다.

여기서 처음 달리기를 시작했다. 그 후로 어디에서 달리든 내 귀에는 와이키키의 찰랑이는 파도 소리가 들린다. 조금만 더, 결승선이다. 마지막 저력을 다한다. 해냈다! 웃음이 터진다. 조금만 달려도 숨이 차던 내가 편안하게 67분을 달려 도착했다. 만세! 두 팔을 치켜든다. 못하겠다 싶을 때 한 발을 내디디면 깨닫는다. 나에게는 아직 한 발짝 디딜 힘이 있다는 것을.

나는 결승선에 서서 두 권의 책을 포개어 들고 사진을 찍었다. 《대화의 정석》과 무라카미 하루키의 《달리기를 말할 때 내가 하고 싶은 이야기》. 나는 하루키 때문에 하와이에 왔고, 달리기를 시작했다. 오직 하루키 덕에 이 먼 곳까지 와서 고통 속에 인내하면서 글을 썼고, 지상의 천국 같은 하와이에서 달리면서 기쁨을 느꼈다. 그 책이 《대화의 정석》이다. 나는 그 기쁨을 하루키와 나누고 싶었다. 호놀룰루 마라톤도 그가 자주 출전한 대회다. 그래서 나도 참여했다. 하루키에게 바치는 헌사랄까. 하루키는 내가 자신의 삶을 닮아가는 것을 모르겠지만, 나는 그를 수없이 떠올린다. 사랑이라고 불러도 좋을 만큼.

"적어도 끝까지 걷지 않았다." 하루키는 아무리 힘들어도 마라톤 대회에 나가서 적어도 끝까지 걷지 않았다고 자부했다. 묘비에 글을 새긴다면 이 문장을 새기고 싶다고까지 했다. 반감이 들었다. 나는 마라톤 대회에 나가 걸어서 들어온 적이 있기 때문이다. 2018년, 서울에서 열린 10킬로미터 대회였다. 9월이었고, 늦더위가 남아 있었다. 여의도에서 출발하자마자 한강 터널에 진입했는데 숨이 막혔다. 그때부터 걸었다. 도로를 걷다니! 대회가 아니고서야 도로를 걷는 건 삶에 종지부를 찍을 때나 가능하다. 나는 무척 신났다.

양화대교에서 사진을 찍고, 간식도 먹고, 응원하는 사람들과 인사를 주고받으면서 걸었다. 결승선이 보일 때쯤 트럭이 뒤따라와 회유했다. "이제 그만하고 타시죠. 대회 끝나갑니다." 이 대회는 종료 시각이 있었다. '저 차만은 타지 않겠어.' 나는 경보하듯 빠른 걸음으로 겨우 들어왔다. 1킬로미터를 뛰고 9킬로미터를 걸었다. 내 발로 대회를 무사히 마친 것만으로 뿌듯했다. 그런데 하루키는 적어도 끝까지 걷지 않았다니. 그 후로 이 문장은 끊임없이 머릿속을 떠다녔다. 왜 그랬을까.

당연하게도 나는 뛰고 싶었던 것이다. 하루키 말대로 마라톤에 뛰러 나갔지 걸으러 간 게 아니다. 이후 다른 10킬로미터 대회도 신청한 게 있었지만, 출전하지 않았다. 달리다가 또 걸을까 봐. 그런 기억은 두 번 남기고 싶지 않았다. 도로를 걷는 건 재미있지만, 한 번이면 됐다. 대회를 마쳤다는 '결과'가 아니라 '달려서 들어왔다는 과정'을 남기고 싶었다. 결과보다 중요한 것은 과정이다. 과정은 나만 안다. 얼마나 묵묵하고 진중하게 임했는가. 나 스스로 만족할 만한 과정을 이루고 싶었다.

《달리기를 말할 때 내가 하고 싶은 이야기》를 다시 펼친 건 사업을 시작할 무렵이었다. 나는 그의 하루를 본받고 싶었다. 하루키는 재즈 바를 운영하던 어느 날 불현듯 소설이 쓰고 싶었다. 그리고 첫 책《바람의 노래를 들어라》를 쓴 뒤 소설가로 살기로 한다. 재즈 바를 접고, 도심을 떠나 한적한 시골로 들어간다. 늦게까지 영업하고 새벽에 자던 그는 밤 9시나 10시면 자고, 새벽 4시에 일어나 5시간 정도 글을 쓴다. 하루의 분량을 끝내면 달리러 나간다. 낮잠을 잔다. 남은 시간에는 책을 읽고 쉰다. 사람은 거의 만나지 않는다. 소설가가 되기로 한 이상 자신에게 가장 중요한 사람을 독자로 설정한다. 독자는 작가가 소설을 위해 집필에 전념한다면 환영할 것이라고 여긴다.

장편 소설을 쓰기 위해서는 오랜 시간 앉아서 글을 쓸 수 있는 체력이 필요하다. 글을 쓸 때는 내면 깊은 곳까지 내려가 어둠을 만나기 때문에 건강한 정신력도 필수다. 그가 사는 시골 동네에는 운동 센터가 딱히 없다. 어디에서나 할 수 있는 운동으로 달리기를 시작한다. 일주일에 여섯 번 이상 1시간씩 10킬로미터를 달린다. 달리면서 쓴

《상실의 시대》로 그는 전 세계에 돌풍을 일으키며 세계적인 작가로 부상한다. 매년 풀코스 마라톤에 참가하고, 100킬로미터를 달리는 울트라 마라톤도 뛴다. 철인 3종 경기에도 출전한다. 그는 지금까지 40년 넘게 거의 매일 달리고, 글을 쓰면서 100권이 넘는 소설과 에세이, 번역 책을 냈다.

어떤 일상을 살아야 할지 고민할 때 하루키만큼 소상히 자신의 길을 밝힌 사람을 보지 못했다. 나는 하루키처럼 살기로 했다. 그를 따라 산다면 분명 결실이 따를 것이다. 나도 삶을 정리했다. 나에게 가장 중요한 사람은 수강생으로 설정했다. 말하기를 교육하기로 한 이상 나에게 가장 중요한 것은 수강생이다. 강의에 집중한다. 직접 만날 수 없는 수강생을 위해서 영상을 만들고 책을 쓴다. 이외의 시간에는 강의의 질을 높이기 위해 공부한다. 책을 보고, 강연을 듣고, 새로운 교육을 만든다. 다음 날 강의에서는 새로 안 사실을 쏟아낸다. 어제와는 또 다른 강의다. 본질이라는 하나의 굳건한 나무를 놓고, 수많은 가지를 뻗어나가는 것이다.

"말은 상대방에게 전달한다. 그러므로 상대방이 알아들을 수 있게 말한다." 이것이 말에 있어 본질이라는 나무다. 나무에서 자란 줄기가 다양한 형태로 뻗어나가듯, 말은 상황, 사람, 시기에 따라 다양한 형태로 뻗어나간다. 강사는 수강생에 따라 다양한 예시로 변주해 설명할 수 있어야 한다. 나는 그것이 강사가 가져야 하는 기본 자질이라고 여긴다. 그러기 위해서는 변주가 가능한 것을 많이 담고 있어야 한다. 여러 가지를 공부하고 본질을 제대로 깨우친 뒤에 다양한 시각에서 수강생에 맞춰 예시를 들어 이해를 돕는다. 이런 일련의 과정으로 말하기에 집중하는 나를, 수강생은 환영할 것이다. 오래 일하는 체력을 기르는 데 달리기가 좋다면, 나도 달린다. 그러면 나도 하루키처럼, 나의 분야에서 적어도 내 마음에 흡족할 만한 과정을 쌓아갈 수 있을 것이다. 하루키는 그의 삶으로서 자신을 따라 해도 괜찮다고 내게 말하고 있다.

첫 책을 제주도에서 집필하고 나서, 두 번째 책을 어디에서 쓸까 고심했다. 나라는 사람은 고립돼야 글을 쓸 수 있다. 지인들은 다들 자기가 좋아하거나 가고 싶은 도시를 이야기했다. 나는 물었다. "하와이는 어때요?" 아무도 추천하지 않았다. 나는 하와이행 티켓을 끊었다. 내 마음에 이미 답이 있었다. 지인 중에는 해외에 머물면서 글을 쓴 사람은 없었다. 오직 하루키만이 그 책에서 말했다.

"내가 달리러 하와이에 간다고 하면, 그 더운 데서 대체 무슨 달리기를 하냐고 한다. 그런 말을 하는 사람은 하와이의 날씨를 모르는 것이다." 하루키는 하와이에서 자주 집필하고 달린다. 비바람이 몰아치는 그리스 섬에서《댄스 댄스 댄스》를 쓰다가 하와이가 그리워서 호놀룰루를 배경으로 한 소설을 썼다. 하와이에서 달리지 않으면 알수 없는 그것. 대체 하와이에 뭐가 있길래. 내 눈으로 직접 보고 싶었다.

2022년 12월 22일, 호놀룰루의 다니엘 K. 이노우에 국제공항에서 나오자마자 하루키를 이해했다. 먼지 한 점 없는 하늘이 새파란 얼굴로 나를 반겼다. 햇볕이 뜨거워 입고 간 옷을 거리에서 벗었다. 반팔 티마저 벗고 싶었다. 사람들은 수영복만 입고 거리를 활보했다. 와이키키의 파란 하늘이 바닷속을 투명하게 비췄고, 사람들은 모래사장에 드러누워 햇살을 온몸으로 흡수했다. 스노클링을 하는 아기, 아기를 사랑스럽게 바라보는 부모, 해수욕을 즐기는 노부부, 평화롭고 한가로운 모습. 나는 이 풍경 속을 달렸고 그 후로 어디서든 달렸다.

매일 달리지는 않아도 매일 '적어도 걷지 않았다'는 말을 잊은 적은 없다. 이윽고 2023년 12월 9일, 호놀룰루 마라톤에서 나는 적어도 걷지 않고 10킬로미터를 달려서 들어왔다. 대회의 결과는 67분이라는 숫자로 남지만, 내게는 더 큰 의미를 남겼다. 하나는 조금이지만 확실히 발전했다는 실감. 나도 이 거리를 쉬지 않고 달릴 수 있는 사람이구나. 무엇이든 노력하면 성장할 수 있다는 것을 스스로 증명했다. 다른 하나는 적어도 걷지 말자는 다짐 하나로 이룬 과정. 가장 중요한 단 하나를 마음에 지닐 것. 그리고 꾸준히 나아갈 것. 달릴 때는 달리기를, 강의할 때는 수강생을, 글을 쓸 때는 독자를, 사업할 때는 미래를, 사랑할 때는 사랑을, 삶을 살아갈 때는 지금을.

호놀룰루 마라톤은 마감 시간이 없다. 러너가 들어올 때까지 결승선이 열려 있다. 풀코스에 가장 마지막에 들

어온 러너는 16시간 59분 만에 경기를 마쳤다. 너무나 멋
지지 않은가! 뒤에서 포기하라고 회유하는 차도 없다. 하
와이의 풍경을 즐기면서 느리게 뛰는 마라톤이다. 결승선
에 서 있던 나는, 이 모든 게 눈부셔서 복받쳤다. 하루키가
아니었다면 겪지 못했을 것이다. 이 모든 것을 글로 남기
고 싶다는 강렬한 열망이 솟아났다. 나도 하루키처럼, 오
랫동안 쓰고 달리겠구나. 나의 마라톤은 본격적으로 시작
됐다. 그리고 언젠가 꼭 만날 것이다. 홍루키가 하루키를.

어디선가 들려오는 먼 북소리, 그리스로 떠나다

2023년 8월 13일, 눈앞에 지중해가 펼쳐져 있다. 그리스 크레타다. 이곳에 온 이유는 니코스 카잔차키스 때문이다. 그가 쓴 《그리스인 조르바》는 내 삶을 송두리째 바꿔놓았다. 죽기 전에 단 한 권의 책을 읽을 수 있다면 나는 단연코 이 책을 읽을 것이다.

크레타는 《그리스인 조르바》의 배경이자 니코스 카잔차키스의 고향이며 그가 영면한 곳이다. "나는 아무것도 바라지 않는다. 나는 아무것도 두렵지 않다. 나는 자유다."

그의 묘비명을 두 눈으로 직접 보고 외치고 싶었다. "나는 자유다!" 마침내 그의 묘비 앞에 당도했다. 그리고 내가 제일 먼저 한 말은 감사 인사였다. "위대한 책을 써주셔서, 제가 여기까지 왔습니다. 고맙습니다."

직장을 다닐 때 마음 놓고 휴가를 간 적이 없었다. 생방송 뉴스를 할 때는 휴가를 가려면 대체 인력이 없어 임시직 아나운서를 뽑아 교육한 뒤 떠나야 했다. 입사 2년 차에 첫 휴가를 앞두고 업무 인수인계를 위해 지침서를 만들었는데, A4 용지로 스무 장이 넘었다. 2박 3일 휴가를 위해 보름의 노력을 투여했다. 휴가를 가는 건 불편한 일이었다.

쇼호스트로 일할 때는 휴가 제도가 따로 없었다. 홈쇼핑 회사와 전속 프리랜서 계약을 맺었다. 기본급에 방송 횟수만큼 출연료를 더한 금액이 월급으로 나왔다. 월급은 방송을 많이 할수록 높았고, 적게 할수록 낮았다. 프리랜서는 비정규직 근로자라 연차 제도가 없다. 휴가는 일을 쉬는 거고, 고로 버는 돈이 없다. 나는 하루라도 빨리 실력을 키우고 싶어서 쉬는 게 중요한지 몰랐다. 그사이 내 마음은 시들어가고 있었다.

그때《그리스인 조르바》를 만났다. 자유를 부르짖는 조르바. 대지와 인간을 사랑하고 지금 이 순간 살아 있음을 만끽하는 조르바를 보면서 나는 자유를 염원했다. 자유의 여신상을 표방해 자유의 홍버튼을 그리기도 했다. 그 시절에 쓴 그림과 글만 봐도 내가 얼마나 불안하고 답답한 시절을 보냈는지 느껴진다. 모든 것을 집어던지고 조르바처럼 인생을 살고 싶었다. 나는 무엇을 위해 자유를 억압하는가. 왜 영원히 살 것처럼 오늘을 소모하는가. 부자유를 견디면 자유가 올 줄 알았다. 그러나 삶은 나아지지 않았다. 나는 불행했고, 벗어나고 싶었다. 자유를 쟁취하고 싶었다.

내가 처음 자유를 만끽한 건 대학교 4학년 때였다. 모스크바에 교환학생으로 가서 한 학기 동안 지냈다. 부모님을 떠나서 사는 것도 처음이었고, 외국에 간 것도 처음이었다. 모스크바는 상상과 완전히 달랐다. 얼음처럼 차가울 줄 알았던 러시아인은 정이 깊었고, 겨울만 있는 줄 알았던 모스크바의 여름은 선명했다. 거리 곳곳에는 햇볕을 쬐는 사람들이 벌거벗고 기분 좋은 얼굴로 드러누워 있었다. 시간이 갈수록 모스크바 생활은 집처럼 편안했다. 책에서 알려주지 않은 것들이 세상에 널려 있었다. '몸으로 깨닫는 것만이 진짜일지 몰라.' 나는 끝없이 겪고 싶었다. 이것이 나에게 자유였다. 살아 있음을 온몸으로 느끼는 것, 삶을 깨닫는 것. 답답한 시절에 갇혀 있을수록 멀리 떠나 있던 시절이 떠올랐다.

니코스 카잔차키스 덕분에 나는 삶을 박살내기로 했다. 쇼호스트를 그만뒀다. 자유를 찾기로 했다. 퇴사 후 제주도로 떠났다. 눈 덮인 노꼬메오름을 신나게 올라 까마귀와 대화하고, 하얀 옷을 입은 한라산 윗세오름의 평원을 뛰놀았다. 제주 서쪽 바다를 바라보며 글을 짓고 책을 읽었다. 그렇게 2주를 지냈다. 행복했다. 하고 싶지 않은 말도 해야 했던 나는, 침묵과 고요 속에서 평온했다. 나와 대화했다. 무엇을 원하는가. 지금 왜 평온을 느끼는가. 어떤 삶을 기대하는가. 무엇이 너를 행복하게 하는가. 절대로 참을 수 없는 것은 무엇인가. 바로 이 질문이 내게 가장 중요한 물음이었다.

나는 부당한 것을 참을 수 없다. 그것은 나로서는 어찌할 수 없는 것이다. 아닌 것은 아니다. 조금만 버티면 괜찮아질 거라고, 이것이 인생이라고 하는 말을 받아들일 수 없다. 싫은 것도 때로는 참을 줄 알아야 한다는 말을 견딜 수 없다. 만약 사는 것이 불행의 연속이라면, 나는 어떤 불행을 견딜 것인가. 나는 아닌 것을 아니라고 말하는 불행을 택하기로 했다. 내가 믿는 정의를 고수한다. 부당한 것을 참지 않은 데에 따른 불행을 겸허히 받아들인다. 그것이 내가 자유를 얻는 길이고, 내가 갈 길이다.

사업을 하면서 내가 바라는 자유를 얻었다. 아닌 것을 아니라고 말하고, 아무것도 아닌 것과 무엇도 하지 않는다. 내가 생각하는 자유는 '하고 싶은 것을 하고 싶은 사람과 하고 싶은 만큼 하는 것'이다. 자유에는 의무가 따른다. 나의 의무는 성실히 일해서 실력을 쌓고 괄목할 만한 성과를 내는 것이다. 내가 하기로 한 것은 끝까지 해낸다. 스스로 충분하다고 할 만큼의 노력을 한다. 그렇게 자유를 사수한다. 이로써 나의 행복은 커졌다. 인생은 역설적이다. 불행을 택했더니 행복이 왔다.

크레타까지 비행기를 세 번 갈아탔다. 인천에서 프라하, 아테네, 크레타로 가는 여정이었다. 비행기 지연과 연착, 공항 노숙을 거쳐 크레타까지 48시간이 걸렸다. 호텔에 짐을 맡기고 니코스 카잔차키스의 무덤으로 걸어갔다. 무덤은 바다가 내려다보이는 언덕에 있다. 돌계단을 올라가니 묘비가 보였다. 나는 이곳에 무려 이틀이나 걸려서 왔다. 그런데 무덤에 당도한 순간, 머리에 번개가 꽂힌 것처럼 번쩍 깨달았다. 이틀이'나' 걸려서 온 게 아니다. 이틀이'면' 올 수 있는 곳이다. 마음을 먹으면 고작 이틀 만에 올 수 있다. 살아 있는 한 내가 가지 못할 곳은 없다.

내가 크레타로 떠날 결심을 한 건 무라카미 하루키의 《먼 북소리》를 읽고서다. 군대에 강의하러 갔다가 인근 숙소 책장에 꽂힌 이 책이 눈에 들어왔다. "어느 날 아침 눈을 뜨고 귀를 기울여 들어보니 어디선가 멀리서 북소리가 들려왔다. 아득히 먼 곳에서, 아득히 먼 시간 속에서 그 북소리는 울려왔다. 아주 가냘프게. 그리고 그 소리를 듣고 있는 동안, 나는 왠지 긴 여행을 떠나야만 할 것 같은 생각이 들었다. 이것으로 충분하지 않은가. 먼 곳에서 북소리가 들려온 것이다."

하루키는 마흔을 앞두고 뭔가 보람 있는 일을 남기고 싶었다. "나는 이제 더 이상 이런 종류의 소설은 쓰지 않을 것이다, 라고 할 만한 작품을 써놓고 싶었다. 내가 두려웠던 것은 어느 한 시기에 달성해야 할 무엇인가를 달성하지 않은 채로 세월을 헛되이 보내는 것이었다." 쿵쿵. 내 가슴에서 북소리가 들려왔다. "어느 한 시기에 달성해야 할 무엇인가." 밑줄. 나는 그 무엇을 달성하러 이곳에 온 것이다.

크레타에서 닷새를 머물고, 산토리니에서 나흘을 지냈다. 마지막 그리스 여정으로 미코노스를 갈까 망설였다. 2주 정도로 짧게 그리스에 왔다. 이미 이동에 많은 시간을 소요해 미코노스에 가도 사흘밖에 시간이 없다. 여행지에서 한곳에 머무는 것을 선호하는 내게 2주 동안 세 개의 섬을 가는 것은 대이동이다. 게다가 그리스 여행 책자에는 미코노스가 딱 두 쪽만 나오는데, 한마디로 '클럽의 섬'이라고 소개했다. 글을 쓰러 왔는데, 클럽의 섬은 좀…. 하지만 하루키는 《먼 북소리》에서 다르게 말했다. "근처의 디스코텍이 시끄러워서 잠을 잘 수 없어도 미코노스는 굉장히 즐겁다. 그것은 일종의 축제인 것이다." 미코노스에 여행을 왔다가 홀려서 눌러앉은 사람도 등장한다. "내게는 미코노스가 있어요. 그런데 왜 다른 섬에 가야 하죠?" 이 대목을 보고 나는 미코노스로 떠날 결심을 했다. 엉덩이가 들썩여서 가지 않을 수 없었다. 심지어 미코노스는 하루키가 《상실의 시대》를 쓴 곳이다. 하루키가 본 것을 나도 보고 싶다. 그가 대작을 쓴 미코노스에 간다면, 나도 대작을 쓰겠지. 그 희망 하나로 배를 탔다.

항구에 도착하자마자 절경에 감탄했다. 언제나 마음의 소리를 들으면 일말의 후회가 없다. 미코노스는 환상적으로 아름답다. 잔잔한 바다와 하얀 집들, 흰 바탕에 진한 색채를 드러내는 꽃과 고양이들. 이곳에서 몇 달간 살면서 글을 쓰고 싶다. 미코노스가 품은 아름다움에 넋을 놓다가 멋스러운 유럽인들에게 또 한 번 반하는 섬이다. 나는 미코노스에서 원 없이 글을 쓰고, 달렸다. 무척이나 신이 나서 달리다가 티셔츠도 벗었다. 탑만 입은 채 거리를 달렸다! 나의 배는 최초로 자유의 바람을 만끽했다. 그 순간 나는 지중해를 향해 두 팔을 벌리고 외쳤다. "나는 자유다!" 티셔츠가 자유의 횃불처럼 휘날렸다.

배움,
나를 발견하는 여정

하와이에서 훌라 춤을 배우는 명혜 자매를 보고, 나도 훌라 춤이 추고 싶었다. 정세랑의 《시선으로부터》에 나오는 장면이다. 드디어 나는 바닷가에서 정열적으로 춤을 춘다. Yeeeees! 나는 조르바다.

훌라 춤을 찾다가 타히티 댄스 수업을 발견했다. 귀에 꽃을 꽂고, 허리에 천을 두르고, 탑을 입은 여성들이 까치발을 든 채 맨발로 서 있다. 뒤로는 바다가 보인다. 타히티 춤을 추면서 찍은 사진이다. 하나같이 해사하게 웃고 있다. 수업을 신청하고, 이날을 손꼽아 기다렸다. 나의 춤 선생님 샨테는 하와이 원주민이다. 그는 열 살 때 타히티 춤과 사랑에 빠졌고, 춤을 추면서 내면의 힘과 자신감을 길렀다. 자신이 얻은 교훈을 나누고 싶어서 수업을 열고 있다.

우버를 타고 수업 장소로 갔다. 와이키키에서 조금 벗어나 호젓한 바닷가에 내렸다. 잔디밭에 돗자리를 깔고, 커다란 스피커를 설치하고 있는 샨테가 나를 발견하고 크게 손을 흔들었다. 수강생은 나뿐이다. 샨테는 주황색, 초록색, 검정색 천을 내밀었다. 이 천으로 치마를 만들어 입고 춤을 춘다. 자고로 춤은 섹시해야 제맛이지. 나는 검정색을 골랐다. 슬리퍼를 벗고 잔디밭에 서자 친절한 샨테가 천으로 치마를 만들어줬다. 적당히 두툼하게 말아야 춤출 때 예쁘다면서.

타히티 춤은 훌라보다 정열적이고 빠른 춤이다. 상체는 흔들리지 않게 고정한다. 무릎을 약간 구부려 허벅지에서 불이 나도 참고 균형을 잡는다. 땅을 발뒤꿈치로 밀면서 골반을 튕긴다. 강인하고 아름답고 역동적인 춤이다. 샨테는 여러 노래를 들려주면서 마음에 드는 곡을 고르라고 했다. 나는 Sefa의 〈Moemoea〉를 골랐다. 도입부터 흥겹다 (지금도 이 노래를 들으면서 글을 쓰는데 가만히 있을 수가 없어 춤을 추면서 글을 쓴다). 시종일관 뭘 두드리는데 박자를 쪼개는 게 대단하다.

샨테가 노래에 맞춰 춤을 선보였다. 꺄아. 이제 내 차례다. 오른쪽 발뒤꿈치를 세우고 손끝을 하늘로 뻗은 채 준비. 간주가 시작된다. 손끝과 골반을 살랑살랑 돌린다. 바람이여, 내게로 오라. 양팔을 머리 위로 뻗어 두 손을 포개고, 골반을 크게 돌리면서 몸을 한 바퀴 돌린다. 팔을 옆으로 벌리고 손끝에 힘을 푼다. 절정 구간이다. 내 엉덩이를 주시하라! 북소리가 사정없이 빨라진다. 나는 골반을 사정없이 돌린다. 서른 바퀴 넘게. 샨테는 내 엉덩이를 보고 소리를 지른다. "예에에쓰!"

나는 이때 조르바가 떠올랐다. 조르바는 너무 기쁘거나 너무 슬프거나 불행하거나 숨 막히거나 말로 표현할 수 없을 때 춤을 췄다. 몇 달간 열심히 만든 건물이 불꽃에 휩싸이며 무너졌을 때도 조르바는 모래사장에서 마음이 가는 대로 큰 몸을 흔들며 춤을 췄다. 이 모습을 바라보는 대장도 함께 춤을 췄다. 대장은 말했다. "내가 뜻밖의 해방감을 맛본 것은 정확하게 모든 것이 끝난 순간이었다. 엄청나게 복잡한 필연의 미궁에 들어 있다가 자유가 구석에서 놀고 있는 걸 발견한 것이었다. 나는 자유의 여신과 함께 놀았다." 나는 이 장면에 반했다. 조르바를 보면서 언젠가 바닷가에서 춤을 춰야지, 했다. 바로 이 순간을 오랫동안 기다려온 것이다! 가슴이 벅차다.

《그리스인 조르바》,《시선으로부터》를 보고 춤을 추고 싶었던 상상을 현실로 이뤘다. 이 책의 독자 중에 나처럼 춤추고 싶은 사람이 있을까? 그들과 바다에서 함께 춤추고 싶다. 골반을 마구 돌리고, 모래사장에서 구르고, 깔깔 웃으면서 말이다. 몸을 흔드는 기쁨이란. 나는 아무 때나 춤을 추는데, 그러면 곧바로 기분이 좋아진다. 발라드나 클래식을 들으면서도 춤을 춘다. 카페든 사무실이든 길에서든 가리지 않고 춘다. 오예!

나의 하와이 안내서는 《시선으로부터》다. 시선을 위해 가족은 제사상을 차리기로 한다. 시선의 십 주기이고, 처음이자 마지막으로 하는 제사다. 시선은 하와이에서 오래 살았고, 자기만의 것을 좋아했다. 가족은 시선을 위해 하와이에 가서 제사를 지내고, 제사상에는 시선에게 각자 최고의 것을 바치기로 한다. 명혜 자매가 훌라 춤을 배운 건, 제삿날 훌라를 추기 위해서다. 시선이 보았을 하늘과 태양, 바람을 표현한다. 나는 이 장면을 보고, 타히티 춤을 춘 것이다.

본격적으로 《시선으로부터》를 따라 움직였다. "완벽하게 파도를 탈 거야. 그 파도의 거품을 가져갈 거야." 이런, 파도의 거품을 가져간다니, 멋지잖아! 어릴 때 아팠던 우윤은 하와이에서 씩씩하게 서핑을 배운다. 체력이 약한 우윤은 계속 바다에 빠지지만, 시선을 떠올리며 끝내 파도의 거품을 가져간다. 나도 우윤을 따라 다짐했다. '와이키키 해변에서 서핑을 할 거야. 파도의 거품을 만날 거야.' 우윤의 예고대로 서핑은 잘되지 않았다. 나는 함께 강습받은 사람 중에 유일하게 서핑 경험이 있었지만, 형편없는 실력이었다. 산호초에 허벅지가 긁혀 피가 났고, 몇 번이나 고꾸라져 바닷물을 먹었다. 유유히 파도를 타는 열

두 살 어린이를 동경의 눈으로 바라봤다.

그러나 이 모든 게 즐거웠다. 마음먹으면 어차피 잘하게 될 거니까. 초보라서 겪는 난관은 이때밖에 못 느낀다. 제대로 부딪쳐야 소중한 추억으로 남고, 성장의 단계마다 큰 쾌감을 맛볼 수 있다. 우윤이 겪은 고비를 체험하고 싶었다. 산호초가 얼마나 아픈지 안 것도 수확이다. 상상하던 것을 체험하는 기쁨, 생동감을 즐겼다. 눈을 감으면 그 감각이 되살아난다. 나는 롱보드를 타고 와이키키 바다에 둥실둥실 떠 있다. 파도가 나를 밀어주고, 팔을 힘차게 젓는 패들링을 하면서 파도를 거슬러 바다로 나아간다. 자연의 일부가 된 순수한 기분.

파도와 친해지고 싶은 마음이 생겼다. 서핑에서 가장 중요한 건 패들링이라는 가르침 덕분에. 서핑은 보드에 서서 하니까 발로 하는 운동이라고 생각했는데, 상체 근육이 먼저구나. 나를 서핑으로 이끄는 하늘, 바다, 파도, 보드, 책. 우윤은 하와이에 있는 동안 매일 서핑을 배우러 바다로 나간다. 나도 시간이 닿는 한 계속 바다로 나갔다. 보드 위에 올라 리듬 있게 팔을 저어 태평양 바다로 들어

갔다.

마지막으로 빅아일랜드에 갔다. 명은이 빅아일랜드에서 용암 분출로 만들어진 땅을 걷다가 레후아 화석을 발견한다. 바로 이거라고 결심하고, 호주머니에 넣고 소중히 챙겨온다. 나는 이 장면을 읽고, 비행기를 타고 빅아일랜드로 날아갔다. 명은이 보았을 화산의 흔적을 만나고 싶었다. 하와이 화산 국립공원에서 땅에서 솟아오르는 화산가스를 만났다. 정세랑 작가도 이 길을 걸었을까. 레후아 꽃, 펠레의 여신, 화산가스, 울퉁불퉁한 땅. 책을 읽을 땐 상상할 수 없던 장면이 눈앞에 생생하게 출연해 머릿속 빈 공간을 채웠다.

빅아일랜드에서는 비가 제일 좋았다. 와이키키의 새파란 하늘도 좋았지만 비가 그리웠다. 날씨 예보에 비가 뜨면 반가워서 달려 나갔지만, 겨우 이 정도를 호놀룰루에선 비라고 치는 건가 싶은 비였다. 한 달 만에 만난 나를 적시는 비. 제대로 비를 맞으러 아카카 폭포 주립공원에 갔다. 비를 맞으며 산길을 걷는 건, 나를 상당히 신나게 하는 것들 중에 하나다. 하늘까지 닿을 것처럼 키가 큰 나무

사이를 걷고, 뜨거운 화산가스가 솟아오르는 길을 걸으면서 이색적인 풍경 속에서 익숙한 감정이 들었다. 역시 나는 산을 좋아해. 역시 나는 신기한 것을 참 신기해해.

나를 움직이게 하는 건 작가다. 얼마나 좋길래, 대체 무엇을 봤길래, 뭘 느꼈길래, 글까지 쓰는 걸까. 직접 보고, 겪어야 알 수 있는 것들이 있다. 겪으면 경험의 추동력은 멈출 수 없다. 나는 또 어디에 가려나. 왠지 마음은 이미 알고 있는 것 같아. 무언가를 자꾸 보여준다. 그곳에 가겠지. 거기서 새로운 나를, 낯선 곳에서 공통된 나를 또 만나겠지.

나를 살린 작가를
쫓다

2023년 7월 11일, 밀란 쿤데라가 영면했다. 《참을 수 없는 존재의 가벼움》은 깃털 같은 나의 존재에 무게를 싣고, 생에 발을 딛게 했다. 그의 작고는 커다란 상실감을 안겼다. 왜 그동안 밀란 쿤데라를 만나러 가지 않았을까. 나는 그의 죽음으로 인해 그가 살아있었다는 사실을 체감했다. 그의 죽음을 겪고서야 결심했다. 살아 있는 한, 사랑해 마지않는 작가를 만나자. 죽음은 생을 또렷하게 한다. 내 생에 숨을 불어넣어준 위대한 작가에게 가자. 가서 말하자. "진심으로 감사합니다. 당신의 책이 나를 살렸습니다. 평생에 걸쳐 고맙습니다."

8개월 뒤 나는 체코 프라하에 갔다. 체코에는 두 명의 위대한 작가가 있다. 프란츠 카프카와 밀란 쿤데라. 프라하는 프란츠 카프카의 고향이다. "삶이 소중한 이유는 언젠가 끝나기 때문이다." 그가 남긴 문장은 나의 가치관이다. 삶이 별것 없다고 무료해 죽겠다고 여기던 나는, 삶이 끝난다는 진실을 카프카를 통해 알았다. 내가 오늘 하루에 최선을 다하는 것은 카프카 덕분이다. 나는 카프카의 책 중에서《아버지에게 드리는 편지》를 대단히 좋아하는데, 너무나 따뜻해 읽을 때마다 책을 끌어안는다.

밀란 쿤데라의 고향은 브르노다. 브르노는 프라하에서 기차로 2시간 30분 정도 떨어진 곳에 있다. 2024년 3월 21일, 드디어 밀란 쿤데라를 만났다. 이 글을 쓰는 곳은 밀란 쿤데라 도서관이다. 쿤데라를 만나기로 마음먹자 우주가 나를 도왔다.

아침에 오스트리아에 가려고 나섰다. 프라하에 온 지 20일째 글만 썼다. 머리를 식힐 겸 가까운 오스트리아에 가자. 가이드는 프라하에 며칠 동안 있는지 물었다. "열흘 남았어요." "그러면 다음 주에 가는 게 어때요? 오늘 종일 비가 올 거예요. 다음 주는 맑으니까 여유 있으면 그때 가는 게 나아요." 이런 친절한 사람을 봤나. 다음 주에 오스트리아에 가기로 하고, 다시 집에 왔다. 아, 오늘이구나. 브르노에 가자. 마음이 오늘이 날이라고 알렸다. 집에서 5번 트램을 타고 프라하 중앙역에 갔다. 트램 안에서 브르노행 열차를 예매했다. 오전 6시 15분 열차다. 네 명이 마주 보고 앉아서 가는 칸에 탔다. 의자는 편하지만 젖혀지진 않는다. 맞은편에는 중년 남성 두 명이 탔다. 아침 댓바람부터 맥주를 두 병씩 마신다. 체코는 이런 나라다. 맥주를 물처럼 마시는 나라. 그만큼 맥주가 진짜 맛있는 나라.

2시간 35분이 지나 브르노역에 도착했다. 나는 인생을 통틀어 대단한 여정에 올랐다는 것을 실감한다. 그의 별세 소식을 들은 날을 기점으로 나는 세계로 나아가고 있다. 그가 아니었다면 먼발치에서 응원하는 것으로 만족했을 것이다. 나는 뭘 좋아해도 나서서 좋아한다고 말한 적이 없다. 하지만 내가 작가가 돼 독자를 만나면서 달라졌다. 집필의 고통에서 반짝이는 유일한 별인 독자는 내 글을 읽고 여기저기에 흔적을 남긴다. 별이 다녀간 발자국을 보는 게 밤마다 취미가 됐다. 블로그, 인스타그램, 서점 후기에 별 자국이 가득하다. 독자는 나의 글을, 나는 독자의 글을 읽고 감동한다. 독자의 글은 물감처럼 내 마음을 적신다. 그 한 방울이 떨어지는 순간, 따스함이 가슴부터 온몸으로 퍼져나간다. 독자 덕분에 표현의 중요성을 새삼 깨닫는다. 말하기 강사로서 표현이 중요하다고 강조했으면서 나는 얼마나 표현을 아꼈는가. 작가들을 찾아가 고맙다고 말하기로 결의를 다졌다. 그렇게 나의 여정을 시작했다. 무라카미 하루키를 만나러 하와이에, 니코스 카잔차키스를 만나러 그리스에 갔다. 그리스 땅을 밟은 순간 다음은 체코다! 마음이 말했다.

밀란 쿤데라가 아니었다면 나는 책을 좋아하지 않았을 것이다. 제대로 읽은 첫 책이 《참을 수 없는 존재의 가벼움》이다. 대학교 교양 수업에 독후감 과제로 이 책이 나왔다. 제목부터 끌렸다. 뭐가 그렇게 참을 수 없이 가볍단 말인가, 내 삶은 이렇게나 무거운데. 단숨에 읽었다. 완전

막장 불륜 드라마다. 내용도 재미있지만, 인물의 행동을 해석해주는 쿤데라의 글은 예리했다. 인간의 자아와 고민과 불안을 풀어냈다. 그것은 나의 고민과 일치했다. 왜 이 책이, 어디 있는지도 모르는 체코의 작가가, 내 마음을 꿰뚫어 보고 있단 말인가. 이때부터 책이 좋았다.

소설이 현실이고, 현실이 소설 같다. 인생의 허무와 불안으로 힘겨워할 필요가 없다고 느꼈다. 나의 고민은 당연한 것이었다. 그것만으로 고민이 가벼워졌다. 우리는 이 땅에 잠시 왔다가 가는 가벼운 존재다. 가볍기 때문에 이 생에 무겁게 뿌리를 내려 흔들리고 싶지 않은 것이다. 이런 깨달음을 준 사람은 없었다. 쿤데라가 책으로 알려줬다. 시대를 초월해서 인생의 의미를, 인간의 존재를. 밀란 쿤데라는 나에게 이런 영향을 미친 작가다. 이 책을 들고 밀란 쿤데라 도서관으로 향했다. 두려움을 뛰어넘게 만든 작가. 두려움을 맞닥뜨리는 것이 그를 만나는 과정이라면 통과해야 한다. 나는 여러 번의 통과 의례를 치른 결과 꿈을 향한 전진에 힘을 얻었다. 작가에게 감사를 전하러 가는 길에 얻은 뜻밖의 선물이다. 그리고 이 선물은 지금까지 받은 선물 중에 가장 마음에 든다.

　브르노역에 도착한 순간, 이 순간은 미래에 또 다른 시작이 될 것이라는 예감이 들었다. 모든 것이 원활하다. 트램을 타러 역을 빠져나왔다. 트램을 타는 방향에 두 군데 갈림길이 있다. 티켓을 어디서 사야 하나. 마침 내가 나온 곳에 트램 티켓 기계가 있었다. 체코어로 쓰인 기계에 동전을 넣고 60분짜리 티켓을 샀다. 60분 동안 무작위로 트램을 탈 수 있다. 구글 지도를 봤다. 12번 트램을 타자. 길 건너 정거장으로 이동했다. 12번 트램이 온다. 체코의 트램은 어찌나 편한지, 철로를 따라 느긋하게 움직여 흔들림이 적다. 어르신, 유아, 장애인, 강아지가 가뿐하게 탈 수 있는 높이다. 여섯 개 정류장을 지났다. 구글 지도에는 도서관에 대한 후기가 두 개뿐이었다. 오픈 시간이나 홈페이지도 적혀 있지 않았다. 도서관이 눈앞에 등장했다. 꿈을 실현하기 직전이다. 가슴이 쿵쾅거린다. 이 벅참을 기록하기 위해 건물 앞에서 영상을 찍고, 소감을 담았다. 그리고 구글 지도에 도서관에 관한 정보와 내외부 사진을 여러 장 찍어 올렸다. 쿤데라를 사랑하는 독자가 도움을 받기를 바라면서. 난생처음으로 이런 데 글을 올린다. 사랑하는 마음이 안 하던 행동을 하게 한다.

밀란 쿤데라 도서관은 생각보다 컸다. 건물은 모라비아 시립 도서관이다. 2층에 밀란 쿤데라 도서관이 있다. 다른 층은 지역 주민만 입장할 수 있지만, 밀란 쿤데라 도서관은 누구에게나 열려 있다. 내가 도착한 시간은 오전 9시 30분. 도서관이 문을 열려면 30분이 남았다. 나는 카페에서 아침을 먹으면서 기다렸다. 10시가 됐는데 불이 꺼져 있다. 사서가 지각을 하나. 30분을 더 기다렸는데도 불이 꺼져 있다. 입구에 있는 직원에게 문의했다. 그는 어디론가 전화를 걸어 통화했다. "쿤데라 도서관에 사람이 왔어요. 한국인이에요. 멀리서 온 것 같은데, 얼른 와요." 체코어라 못 알아듣지만, 왠지 그런 분위기다. 직원은 사서를 기다리지 못하겠는지 비상키를 가져와서 나를 위해 문을 열어줬다. 오예! 드디어 밀란 쿤데라 도서관 입성.

밀란 쿤데라가 강렬한 눈빛으로 정면에서 나를 맞이한다. 직원에게 부탁해 나의 《참을 수 없는 존재의 가벼움》을 들고 쿤데라와 사진을 찍었다. 꿈같다. "고맙습니다. 밀란 쿤데라 작가님!" 이곳에는 쿤데라가 브르노시에 기증한 4,000여 권의 소장 도서와 수기로 작성한 문서가 있다. 한국어 책이 눈에 띄었다. 《향수》, 《느림》, 《사유하는 존재의 아름다움》, 《커튼》, 《소설의 기술》. 와!《소설의 기술》은 프라하에 오기 전날, 서점에 한 권 남은 것을 사려다가 못 찾아서 못 샀다. 이 책을 브르노에서, 그것도 밀란 쿤데라 도서관에서, 한국어 버전으로 만날 줄이야. 모조리 꺼내 읽으려고 자리를 잡았다. 직원은 위층으로 올라가자고 했다. 지역 주민만 들어가는 도서관으로 옮겼다. 책 읽기 딱 좋은 널찍한 책상이 있다. 햇살이 비치는 창가에 앉아 오랜만에 도서관에서 쿤데라를 탐독했다. 그리고 나는 한 번 더 용기를 냈다. 밀란 쿤데라 도서관 도장을 제 책에 찍어주세요. 캬. 그 순간의 감동이란.

　나는 아무런 준비 없이 오직 밀란 쿤데라를 만난다는 일념만 가지고 이곳에 왔다. 이곳까지 오는 여정에서 일어난 모든 사소한 것들이 나의 꿈을 이루기 위해 합을 맞춰 움직였다. 보이지 않는 도움의 손길이 무수히 많았다. 드라마처럼, 어찌 보면 기적처럼 펼쳐진 하루다. 닐 암스트롱이 생각난다. 그의 삶을 영화로 만든 《퍼스트맨》을 프라하에 오는 비행기에서 봤다. 그는 인간 최초로 달에 착륙해 발자국을 남겼다. "한 개인으로서 이 발자국은 작지만, 인류에게 있어서 커다란 도약이 될 겁니다." 오늘 나의 발자국은 나의 미래에 있어서 커다란 도약이 될 것이다. 내 안에 무언가가 커진 기분을, 분명하고 뚜렷하게 느낀다. 나의 용기에 박수를, 그의 존재에 감사를, 위대한 작가들에게 진실한 지지를 보낸다. 이 글을 읽고 있는 독자에게도 한없는 사랑을 드립니다. 감사합니다.

헤세,
사랑의 정원에 초대되다

헤르만 헤세의 무덤 앞에서 감격해 눈물을 흘렸다. "헤르만 헤세 작가님. 저, 잘 커서 인사드리러 왔어요." 소리 내어 말하다가 그만 울음이 터져서 눈시울이 붉어졌다. 여든다섯 살의 나이로 눈을 감은 헤세는, 햇살이 따사로운 스위스 남부의 작은 마을 티치노에서 잠들었다. 이곳에서 그는 반평생을 보냈다. 내가 여기까지 오다니. 20년간 이어진 헤세에 대한 순정이 이곳까지 나를 데려왔다. 나의 사랑은 어디까지 확장될까. 그 사랑이 나를 얼마나 멀리 데려갈까. 헤세에게 오는 길도 처음부터 끝까지 순탄했다.

티치노는 루가노역과 가깝다. 루가노는 스위스 남쪽에 있는 호숫가 마을이다. 그 아래에 이탈리아가 있다. 지리적으로 스위스의 취리히나 제네바로 비행기를 타고 티치노에 오는 것보다 이탈리아의 밀라노에서 기차를 타고 오는 게 더 가깝다. 이왕 이탈리아를 들러서 헤세에게 갈 거라면, 로마로 들어가자. 로마는 무라카미 하루키(또 하루키다. 하루키는 계속 등장한다)가 3년간 유럽 생활을 하기 위해 기점으로 삼은 곳이다. 《먼 북소리》 첫 페이지에 등장하는 지역이 로마다. 나는 로마에서 하루키의 기운을 받고, 맛있는 이탈리아 음식을 먹은 뒤 스위스로 넘어가기로 했다.

고백하건대 나는 여행 전문가가 아니다. 더 솔직히 말하면 막무가내 여행자다. 하와이는 50일간 떠나는데, 나흘 전에 비자를 받았다. 숙소와 비행기 티켓은 일주일 전에 예약했다. 하와이에 가는 건 주변 지인 몇 명에게만 알렸다. 현지 입국 심사에서 외국 여성이 혼자 장기간 오면 거부를 당할 수 있다는 괴담 때문이다. 그런데 직원은 참치캔이 있는지만 묻고, 없다고 하자 글을 잘 쓰라며 건투를 빌었다. 그 후로 나는 대담해졌다. 하와이, 그리스, 체코에 이어 이번이 네 번째 여정이므로 대담함은 극에 달했다.

로마 출발 이틀 전에 비행기 티켓을 샀다. 숙소는 트레비 분수 앞으로 전날 예약했다. 로마에 대해 아는 거라고는 이 분수뿐이다. 이곳에서 전화를 건 사람이 있었다. 그와 나눈 이야기는 많았지만 트레비 분수만 기억에 남아 있다. 당일에 짐을 싸고 로마행 비행기를 탔다. 아차, 이륙 직전에 비자를 검색했다. 다행히 내년부터 유럽 비자가 필요하고, 올해까지는 없어도 된다. 한숨 돌렸다. 나의 여행은 늘 이런 식이다. '글을 쓴다. 로마에 간다. 스위스의 헤세에게 간다. 달린다.' 나머지는 아무것도 정하지 않는다. 환전도 못 했다. 그렇지만 잘 흘러갈 거라 믿는다. 간절히 원하면 우주가 도우니까.

로마에 도착한 첫날, 완벽하게 동그란 보름달이 환하게 길을 비춘다. 기분 좋은 예감. 트레비 분수를 보고 한참을 잤다. 로마에서는 글이 잘 안 써졌다. 이런 날엔 일기를 쓰고, 위대한 책을 읽는다. 헤르만 헤세의 《클링조어의 마지막 여름》과 하루키의 《먼 북소리》. 이번 여행의 안내서다. 나흘째 아침, 헤세에게 가자.

국경을 기차로 넘는 건 처음이다. 가는 날 아침, 비가 왔다. 우버가 늦게 잡혀서 이대로 기차를 놓치려나 싶지만, 우주를 믿어본다. 기사가 기차역까지 지름길로 가서 일찍 도착했다. 유럽 최대 규모 역 중 하나라는 로마 테르미니역에서 내가 탈 기차를 한번에 찾았다. 밀라노 중앙역에 내려 루가노행 기차로 갈아탔다. 아침 9시에 로마 숙소에서 출발해 오후 3시에 루가노 숙소에 도착했다. 딱 체크인 시간이다. 숙소는 헤르만 헤세 박물관이 있는 몬타뇰라로 잡았다. 나는 이곳에서 헤세의 숨결을 느끼며 글을 쓴다. 숙소에 짐을 풀고 목적지, 헤르만 헤세를 만나러 갔다. 도보로 10분. 박물관이 가까워질수록 심장은 점점 뜨거워진다. 한적한 동네다. 호수를 바라보고 넓은 정원을 낀 큼직한 주택가다. 마침내 헤르만 헤세 박물관이다. 헤세다! 건물 벽에 붙어 있는 사진 속 헤세가 다정한 눈길로 나를 환영한다. 시원한 비가 내린다. 함박웃음을 지은 채 헤세와 사진을 찍었다.

헤세는 몬타뇰라에 이주한 1919년에 《데미안》을 출간했다. 나는 《데미안》을 시작으로 헤세를 사랑한다. 내가 한 작가의 작품을 가장 많이 읽은 작가가 헤세다.《데미안》,《수레바퀴 아래서》,《싯다르타》,《크눌프》,《클링조어의 마지막 여름》,《헤르만 헤세의 나무들》,《밤의 사색》,《꿈꾸며 방황하며 사랑하며》,《헤르만 헤세의 책이라는 세계》. 아직 읽을 헤세의 책이 많이 남아서 기쁘지만, 이 책들만 읽고 또 읽어도 남은 인생은 행복할 것이다. 헤세는 그런 작가다. 행복을 여실히 전해주는 작가.

몬타뇰라 헤르만 헤세 박물관은 헤세가 살던 카사 카무치 일부를 개조한 곳이다. 헤세는 이곳에서 《싯다르타》,《나르치스와 골드문트》,《클링조어의 마지막 여름》 등을 집필했고, 수천 장의 수채화를 그렸다. 박물관은 헤세의 글처럼 환하고, 따뜻하다. 2층에는 헤세가 사용한 책상과 타자기, 안경, 만년필, 모자, 그림, 사진이 전시돼 있다. 벽 전체가 오렌지색에 가까운 노란색인데 온기를 머금고 있다. 나는 이 공간이 제일 좋아서 오래 머물렀다. 다행히 아무도 없어서 흥분한 리포터처럼 영상을 찍었다. "여러분, 이 책상에서 헤세가 글을 썼다고요!" 4층까지 있는 박물관은 계단 옆으로 큰 창문이 나 있어서 루가노의 소담한 풍경을 감상할 수 있다. 마을 전체가 커다란 정원 같다.

헤세의 길도 있다. 헤세가 글을 쓰고, 산책하고, 그림을 그린 길이다. 곳곳에 친절하게 헤세의 길 표지판이 있다. 이 길은 헤세의 박물관부터 무덤까지 이어진다. 나는 이 길을 자주 달렸다. 달리면서 기도했다. '맑은 글을 쓰게 해주세요. 다 쓰게 해주세요. 용기와 희망과 사랑이 가득한 글을 쓰게 해주세요. 글을 쓰게 해주셔서 감사합니다. 아멘.' 몬타뇰라에 머무는 동안 일출은 새벽 5시 30분, 일몰은 저녁 9시 20분이었다. 16시간 해가 뜬다. 온종일 일하기 좋아하는 나한테 안성맞춤이다. 막막했던 글이 쓰인다. 신이 나서 춤을 춘다. 헤세의 동네에 와서 그런가 정신이 맑다. 초고를 박박 지우고 고친다. 부디 계속 오늘 같기를.

매우 고요하다. 새소리만 들린다. 사방에 꽃향기가 진동하고 벌레도 많다. 자연 친화적인 사람이 되어간다고 생각했지만, 아직도 벌레만 보면 윽. 집에서 개미와 전쟁을 치렀다. 화장실에 개미가 나타났다. 오래된 주택이고, 과일나무와 꽃이 무성해서 개미가 산다. 품어보려 했지만, 날개 달린 개미 수십 마리가 나타나서 결판을 지어야 했다. 집주인 피에로가 다이슨 청소기를 들고 나타났다. 화장실 문이 닫히고, 청소기 소리가 울린다. 우웅. 살생의 소리. 개미는 먼지 통에서 숨을 거두겠지. 미안하지만 어쩔 수 없어. 화장실은 인간의 공간이야.

헤세가 매일 보았을 호수를, 나도 매일 보고 있다. 헤세 문학의 밤이 열렸다. 헤르만 헤세 박물관은 종종 행사를 한다. 마침 문학 산책과 클래식 콘서트가 개최돼 참가했다. 이탈리아어와 독일어 팀으로 나눠 해설사가 헤세의 길을 안내한다. 나는 둘 다 못 알아듣지만, 듣기 부드러운 이탈리아어를 택했다. 이탈리아인 해설사는 영화 《러브 앤 젤라토》 주인공 엄마의 이탈리아 친구와 닮았다. 내가 뛰어다니던 헤세의 길마다 해설사는 이야기를 들려준다.

"헤세가 이곳에 앉아 호수를 바라보며 그림을 그렸어요. 세 번째 아내와 함께 잠들어 있어요. 헤세는 음악을 사랑했어요." 헤세가 쓴 시와 글을 낭독한다. 번역기를 동원했다. IT 만세. 느리게 걸으며 문학을 음미한다. 달려서 20분인 길을 1시간 동안 거닐었다. 이어서 공연. 성 아본디오 성당에 동네 주민이 모였다. 쪽쪽. 반갑게 인사하는 소리가 여기저기서 들린다. 나는 맨 앞줄에 앉았다. 노부부가 옆에 앉는다. 할머니는 보행기를 끌고, 할아버지는 지팡이를 짚고 있다. 눈빛은 또렷하다. 4중주 현악기와 소프라노의 수준급 공연이 이어졌다. 노부부는 손을 맞잡는다. 할아버지가 먼저 할머니의 손을, 다음엔 할머니가 할아버지의 손을. 뭐가 그렇게 재미있는지 귓속말로 속닥이면서 깔깔 웃는다. 할아버지는 시인이다. 헤세를 보러 서울에서 왔다는 나에게 부부는 시와 헤세를 이야기한다. 우리는 악수를 나누며 서로의 행운을 빌었다.

저녁 6시 30분부터 열린 문학의 밤은 10시에 마쳤다. 가장 늦은 시간에 스위스 거리에 나왔다. 해가 져서 깜깜한 밤이다. 익숙한 하루인 듯 돌아가는 사람들. 칠십 대가 넘는 어르신이 대다수다. 문학이 일상인 곳일까. 감미로운 밤이다. 나는 몬타뇰라에서 달리고 밥을 해 먹는 것 외에는 계속 글을 썼다. 시내는 헤르만 헤세 박물관이 있는 곳인데, 아기자기하다. 몬타뇰라 공립 도서관, 카페, 정육점, 약국, 해산물 식당, 피자집, 이탈리안 식당, 마트가 있다. 작지만 있을 건 다 있다. 동네를 벗어나 다른 데 갈 필요가 없다. 가게마다 한 번씩 들렀고, 음식이 나오는 데 꽤 시간이 걸려서 이후로는 집에서 요리를 해서 먹었다. 내가 있는 동안 기온은 섭씨 25도로 더웠고 습했다. 떠날 때가 왔다. 마지막으로 헤르만 헤세에게 향했다.

박물관 1층에서 헤세의 목소리를 들었다. 독일어로 녹음된 CD를 헤드셋으로 들을 수 있다. 그곳에 앉으면 헤세의 말년의 모습을 담은 사진이 정면에 보인다. 헤세를 보면서 헤세의 목소리를 듣는 것이다. 방명록을 남기자. 첫날에는 "홍수, 홍버튼, 헤르만 헤세, ㅎㅎㅎ, 🐶"을 썼다. 마지막 날에는 이렇게 썼다. "헤세에게. 마음을 평온하게 해주는, 당신이 머문 몬타뇰라에서 행복하고 평화롭게 글을 쓰는 일주일이었습니다. 이곳에 처음 온 날 예감했어요. 헤세처럼 밝고 따뜻한 글이 나오겠구나. 독자에게 희망과 사랑을 줄 수 있을 거예요. 헤세에게 받은 것을, 나눌게요. 감사합니다. 정흥수." 기념으로 영어로 된 헤세의 책 몇 권과 헤세의 그림 엽서를 여러 장 샀다. 그리고 헤르만 헤세 박물관 도장을 나의 《싯다르타》와 《대화의 정석》, 일기장에 받았다.

끝으로 무덤에 갔다. 헤세는 성 아본디오 교회를 마주보는 아본디오 공동묘지에 잠들어 있다. 묘지 철문을 열고 들어가서 오른쪽 계단으로 내려가면 안쪽에 헤세가 있다. 나는 익숙하게 비석 앞에 앉았다. 《대화의 정석》과 《싯다르타》를 비석 앞에 세워두고 이야기를 나눴다. "저 이제 가요. 덕분에 좋은 글 썼어요. 잘 지내다 갑니다. 감사합니다." 푸르른 하늘이 보이는 곳에, 스위스 최남단인 이 따뜻한 곳에, 헤세가 있어 다행이다. 우리 할아버지의 무덤에 온 것처럼 마음이 쓰인다. "헤세와 흥수, 'ㅎ ㅅ'이 똑같네요." 독자가 말했다. 이름처럼 나의 글도 헤세를 닮기를 바란다. 피에로가 배웅을 나왔다. 개미 때문에 계속

미안해한다. 나는 얼른 번역기를 꺼내 이탈리아어로 말했다. "덕분에 헤세를 마음껏 즐기다 가요. 당신의 가정에도 축복이 가득하기를."

존재해주셔서 감사합니다

흠모하는 작가를 대거 만났다. 기적이다. 이름을 수없이 불렀더니 내 앞에 나타났다는 말밖에 다른 해석이 불가하다.

첫 번째는 김금희 작가. 영화 〈말없는 소녀〉 시네마 토크에 갔다. 이 영화는 클레어 키건의 《맡겨진 소녀》가 원작이고, 김금희 작가가 이 책의 추천사를 써서 시네마 토크에 참여했다. 나는 문학의 힘을 알리기 위해 나 자신을 자칭 문학 홍보 대사로 임명했다. 첫 행보로 사랑하는 김금희 작가를 만나러 간 것이다. 사인을 받기 위해 줄을 섰다. 심장이 세차게 뛰었다. 내 차례다. 나는 손으로 입을 막은 채 다가갔다. 놀랍게도 그는 나를 안다면서 일어나 반겼다! "영상으로 많이 봤어요. 맞죠? 흥버튼!" 《복자에게》와 《맡겨진 소녀》에 사인을 받았다. 그리고 용기 내어 말했다. "작가님, 존재해주셔서 감사해요." (이 말은 그 후 좋아하는 작가를 만날 때마다 단골 멘트가 됐다.)

태어나 처음 받은 사인이다. 나는 수없이 많은 북토크와 강연에 갔지만, 끝나면 서둘러 나갔다. 쑥스러우니까! 하지만 내가 책을 내고 나서는 사인을 받으러 오는 독자가 무척이나 고맙다. 독자가 있어 작가가 있다. 김금희 작가의 기쁨을 바라며 나도 용기를 내서 사인을 받았다. 《맡겨진 소녀》는 100쪽이 되지 않는 소설인데, 감동과 사랑이 휘몰아친다. 책도 영화도 울면서 봤다.

《복자에게》는 오랜만에 읽은 한국 소설이다. 나는 어느 시기부터 한국 작가의 소설을 의도적으로 읽지 않았다. 책을 읽고 나면 가슴에 돌덩이가 들어앉은 듯 한스럽고, 슬퍼서였다. 그런데 《복자에게》는 책장을 덮고도 마음이 오랫동안 따뜻했다. 수강생이 감정 표현에 도움되는 책을 추천해달라고 하면 《복자에게》를 권한다. 소설을 읽으면 등장인물의 대사에서 다양한 표현을 배울 수 있어서 좋다. 김금희 작가의 많은 책 중에서 어떤 걸 가져갈까 고르다가 처음 사랑에 빠진 《복자에게》를 들고 간 것이다.

이날 이후로도 그의 북토크에 따라다닌다. 그의 시간은 재미있다. 글을 보면 다소곳한 이미지가 떠오르는데, 그는 유머가 넘치고, 소녀처럼 해맑고, 꺄르르 자주 웃는다. 《식물적 낙관》 북토크에서 식물을 100여 종이나 키우는 이야기를 하면서 아이처럼 행복해하는 모습을 보며, 다정하고 따뜻한 시선으로 세상을 보는 사람이라고 느꼈다.

두 번째는 타일러 라쉬 작가. 나는 구글에서 '성공적인 리더의 언어'를 강의한다. 어느 날 구글 직원이 "올해는 흥수 님은 한국어를, 타일러 님은 영어를 맡아 강의할 거예요. 사진도 나란히 홍보할 거예요"라고 했다. "타일러 라쉬요?" 내 얼굴은 순식간에 빨개졌다. "네. 타일러가 흥수

님 알던데요. 인스타그램 팔로우도 하고 있대요. 같이 밥 먹어도 좋겠어요." 으악. 나는 두 손으로 입을 막고, 거북이가 등껍질로 들어가듯이 움츠러들었다. 그런 나를 보며 직원이 말했다. "오 마이 갓! 이런 모습 처음 봐요."

타일러를 사랑하게 된 건 2018년, 1,000명을 대상으로 한 어느 강연에서였다. 타일러는 아이처럼 활짝 웃으며 무대로 나왔다. 나한테만 이야기하는 것처럼 강연을 이어갔다. 강의 자료에는 직접 그린 그림만 있었다. 단순한데 메시지가 분명했다. 강연을 듣는 내내 빨려들었다. 그는 15분 정도 강연하고, 40분 가까이 질의응답을 토론으로 이끌었다. 자신감과 진정성, 명석함, 열의가 돋보였다. 어느 수업에서도 질문하지 않은 내가 질문하고 싶을 정도였다. 이런 강연은 처음이었다. 그를 보고 '잘하는 발표'를 깨달았다. 나는 이 이야기를 수업할 때마다 했고, 첫 책에도 실었다. 내게는 그런 타일러 라쉬다. 그와 같은 무대에 선다니. 아니, 밥이라니!

타일러를 다시 만난 건 바닷가였다(쑥스러워서 밥은 고사했고, 구글에서는 강연 날짜가 서로 달라서 마주치지 않았다). 그가 쓰레기 줍기 봉사에 참여해서 나도 갔다. 나는 그의 책 《두 번째 지구는 없다》를 읽고 환경 오염과 기후 위기의 심각성을 인지했다. 이 책으로 독서 모임을 열기도 했다. 토요일 아침, 왕산 해수욕장에 100여 명이 모였다. 네 개의 그룹으로 나눠 쓰레기를 줍는데, 나는 타일러와 같은 그룹에 배정됐다. 오 마이 갓! 이미 구글에서 강연을 시작한 무렵이었다. 혹시 그가 나를 알아보지 않을까. 나는 모자와 선글라스를 쓴 채, 멀찍이 떨어져 쓰레기를 주웠다.

행사가 끝나고, 사람들이 타일러와 사진을 찍기 위해 줄을 섰다. 나도 감사 인사를 전하기 위해 챙겨간 책을 꺼내 줄을 섰다. 사진을 찍는데, 심장이 요동을 쳐서 손에 든 책이 흔들렸다. 나는 겨우 입을 떼어 말했다. "책 너무 잘 봤어요. 감사합니다." 그때 못 한 말을 적어본다. "덕분에 제가 말을 잘하는 데 큰 도움을 받았습니다. 이 책은 환경에 대한 제 인식을 바꿨어요. 환경 운동에 동참해 의미 있는 시간을 보내게 해주셔서 고맙습니다."

세 번째는 은유 작가. 그의 책을 처음 읽은 건 《싸울 때마다 투명해진다》인데, 문체가 참 좋다. 단어가 풍성해 읽으면서 공부가 많이 됐다. 그는 글쓰기 수업도 열고, 글쓰기 책도 썼다.《글쓰기의 최전선》,《쓰기의 말들》을 차례로 읽었다. 사람과 인생을 따뜻하면서 강인한 시선으로 조명한다. 담대함이 느껴졌다.《우리는 순수한 것을 생각했다》북토크에서 은유 작가를 만났다. 나는 맨 앞줄에 앉았고, 그가 나를 콕 집어서 질문했다. 지목당한 것만으로 쑥스러움이 몰려왔다. 거북이 등껍질 좀! 첫 번째로 사인을 받았고, 다음에 또 만났다.

타일러 라쉬와 마찬가지로 한 무대에 서게 됐는데, 이번에는 은유 작가와 내가 같은 날 강연이 잡혔다. 몇 해 동안 그의 글쓰기 강의를 듣고 싶었는데, 시간이 맞지 않아서 못 갔다. 드디어 강의를 들을 기회다. 나는 강의를 끝내고 떨리는 마음으로 은유 작가에게 인사했다. 그와 한 무대에 섰다는 게 실감이 나지 않아서 어안이 벙벙한 상태였다. 그래도 사진을 찍고, 존경한다는 고백도 잊지 않고 전했다.

은유 작가의 강의는 몹시 유익했다. 나는 질의응답 시간에 용기를 내서 질문했다. 그것도 우리 수강생이 질문하는 게 너무 고마워서 나도 용기를 낸 것이다. "글을 쓸 때 책을 읽을 시간이 부족한데, 작가님은 어떻게 책을 읽으세요?" "틈틈이 읽어요. 한 권씩 꼭 가지고 다녀요. 무거워서 두꺼운 책은 못 가지고 다니고, 주로 얇은 책을 가지고 다녀요. 시간을 내서 읽어요." 나도 책을 시간 내서 읽는데, 그도 나와 같다는 말이 위안이 됐다. 어쩌면 당연한 건데, 내가 선망하는 사람이 같은 행동을 하고 있을 때의 그 반가움이란.

네 번째는 강원국 작가. 이번에도 같은 날 같은 무대에 섰다. 정말 경이롭다. 나는 《대통령의 글쓰기》를 읽고 사명을 정했다. "대한민국 국민의 말하기 수준을 높이겠다." 당시 노무현 대통령은 강원국 연설 비서관에게 말했다. "우리나라 국민의 글쓰기 실력을 높일 필요가 있습니다. 청와대에서 배운 것을 책으로 내세요." 강원국 작가는 김대중, 노무현 전 대통령의 연설 비서관으로 8년간 일하면서 배운 글쓰기에 대해 썼다. 이 책의 좋은 점은 연설문을 쓰는 방법을 하나부터 백까지 말한다. 그것도 역대 대통령 중에서 가장 언변이 뛰어난 대통령의 연설문을 작성한 방법이다. 나는 이 책을 품에 끼고 살았다.

　그런 강원국 작가와 한 무대에 서다니! 이번에도 나란히 사진이 걸렸다. 심장이 북을 울려댔다. 부산에 가는 길이 이만큼 설렜던 적이 없다. 국회부산도서관에서 지방의원들을 대상으로 하는 강연이었다. 나는 도서관 측에 강원국 작가의 강연을 들을 수 있는지 물었다. 물론이라는 답변을 받았다. 이런 일이 연달아 일어나자 하나님이 내게 선물을 주시는구나, 감사했다. 내 강연이 끝나고 강원국 작가가 등장했다. 《대통령의 글쓰기》를 들고 사인을 받기 위해 기다렸다. 가슴이 터질 듯했고, 가만히 서 있을 수 없어서 제자리를 뱅글뱅글 돌았다. 내 차례가 왔을 때 나는 이미 거북이로 변신했다.

　"작가님, 안녕하세요." 거북이가 된 나를 보고 도서관 직원이 말했다. "강사님, 아까는 당당하게 강연하더니, 왜 이렇게 목소리가 작아졌어요?" 정신을 차리고 강원국 작가에게 말했다. "작가님 책을 제가 무지 사랑해서요. 50번도 넘게 읽었고요. 강의할 때마다 얘기했어요." 그는 일어나 웃으면서 말했다. "그래서 제 책이 많이 팔렸군요." 나는 이어서 존재해주셔서 감사하다고 말했다. 가슴이 뭉클했다. 그의 강연은 한 글자도 놓칠 수 없는 최고의 강의였다. 의원 수십 명의 집중력을 합친 것보다 내 집중력이 가장 높았을 거라고 확신한다.

다섯 번째는 손미나 작가. 그에게서 인스타그램 메시지가 왔다. 호놀룰루 마라톤에서 10킬로미터를 완주한 날이었다. "저는 운동을 좋아하지만, 달리기는 못해서 늘 뛰는 사람을 대단하다고 생각했어요. 응원해요. 멋져요!" 나는 그가 교장으로 있었던 인생학교 서울을 1년 동안 다녔다. 인생학교는 알랭 드 보통이 설립한 교육기관인데, 런던에 본부를 두고 세계 각지에서 운영한다. 인생에도 학교가 필요하다는 슬로건을 내걸었다. 아시아에서는 최초로 서울에 개교해 손미나 작가가 교장을 역임했다.

나는 차분함을 유지하는 법, 내 짝을 찾는 법, 사랑을 오래 유지하는 법을 포함해 여러 수업을 들었다. 특히 손미나 작가의 '가슴 뛰는 직업을 찾는 법'을 듣고 진로를 심도 있게 고민했다. 그는 학창 시절에 스페인어학과에 진학했다. 성적도 좋았던 그가 당시로써는 생소한 학과에 진학해 주변에서는 의아해했다. 그러나 미래에는 스페인어가 영어만큼 널리 쓰일 거라는 아버지의 말에 가슴이 뛰었던 그는 생각을 바꾸지 않았다. 대학생 때는 스페인으로 유학을 갔고, KBS에서 9시 뉴스 앵커로 활약했지만, 다시 가슴 뛰는 일을 하기 위해 사표를 내고 홀연히 스페인으로 떠났다. 《스페인, 너는 자유다》를 시작으로 여행작가로 변신한 이야기를 들으면서 내 가슴도 뛰었다.

그런 손미나 작가가 나를 응원한다니! 나는 답장을 보냈고, 손미나 작가는 만나자고 했다. 크리스마스를 며칠 앞두고, 우리는 서울의 한 카페에서 만났다. 그는 나를 안았다. "언니나 선배라고 불러요." 언니, 따라서 말했다가 수줍어서 얼굴을 떨구었다. 내 앞에 손미나 작가가 앉아 있다. 그를 처음 봤을 때 강의실에는 수십 명이 있었고, 나는 맨 끝줄에 앉아서 그를 우러러봤다. 그사이 내 삶은 정말로 멋지게 변했구나. 찬바람이 부는 한겨울, 내 마음은 뜨거웠다.

지난날들이 믿기지 않는다. 사랑하는 작가의 이름을 수없이 불렀더니 내 앞에 나타났다. 그것도 연달아서. 이들

덕분에 나는 성장했다. 앞으로도 이들의 가르침은 계속 내 안에서 자랄 것이다. 존재해주셔서 감사합니다.

내가 가는 길이
출장이다

《대화의 정석》이 대만판으로 나온다. 편집자에게 대만 출간 계약이 확정됐다는 소식을 듣자마자 나는 말했다. "대만에 가나요?" 당연하지 않나. 유럽과 미국으로 작가들의 족적을 따라갔는데, 가까운 대만에, 그것도 내 책이 나온다는데 말이다.

해외 출판에는 각종 경로가 있을 텐데, 내 경우는 에이전시를 통해 이뤄졌다. 국내 에이전시가 해외 출판사에 책을 홍보하고, 해외 출판사가 마음에 드는 책을 골라 계약 조건을 제시한다. 나는 편집자와 의논해 대만 출판사를 결정했다. 직접 만나지 않고 편집자를 거쳐 소통하니 대만 출판사가 더 궁금했다. 해외 첫 출간인데, 내 책을 어떤 곳에서, 어떤 담당자가 맡는지 직접 보고 싶었다. 늘 그렇듯 커다란 계획만 세웠다. '대만에 간다. 출판사 담당자를 만난다. 《대화의 정석》 한국어판을 전한다.'

떠나기 일주일 전 대만행을 결심했다. 마침 집필을 위해 비워둔 사흘이 있었다. 편집자에게 대만 출판사와 미팅을 할 수 있는지 에이전시에 물어봐달라고 했다. 떠나기 사흘 전이었다. 떠나는 날까지 답이 없다. 이럴 줄 알고 출판사의 주소와 위치를 파악해뒀다. 고마워요, 구글. 편집자에게는 대만 가는 김에 잠시 들른다고 말했지만, 내 유일한 목적은 '대만 담당자와의 만남'이었다. 나는 편집자에게 조용히 다녀오겠다고 말했다.

결론부터 말하면, 만났다! 만났으니까 신나서 이 글을 쓴다. 대만으로 떠나는 여정에서 내가 무슨 생각을 했고, 어떤 마음으로 걸었는지 남길 필요가 있다고 여겼다. 가슴 벅찬 순간의 결실은, 실로 놀라운 경험이므로. 나는 오늘을 기록해 미래의 나에게 계속 나아가라고 독려한다.

　인천에서 오전 7시 50분 비행기를 탔다. 2시간 40분을 날아가면 대만의 수도 타이베이에 도착한다. 가는 동안 밀린 일기를 써야지. 한 달 치가 밀렸다. 이 정도면 잠잘 시간도 줄이고 일한 것이다. 원고를 쓰느라 일기를 쓸 힘이 없었다. 옆자리에 모녀가 탔다. 딸은 삼십 대, 어머니는 육십 대로 보인다. 앞자리가 맞지 않냐고 재차 말하는 어머니에게 딸은 말한다. "딸 말 좀 제발 들으세요." 어머니는 애교 섞인 목소리로 알았다면서 딸의 어깨에 머리를 기댄다. 출발 직전 함께 사진을 찍는다.

　나는 한참 일기를 썼고, 모녀는 손을 잡고 머리를 기댄 채 잠이 들었다. 먼저 잠에서 깬 딸이 어머니의 손에서 자신의 손을 슬며시 뺀다. 어머니가 깰까 봐 아주 조심하면서. 자동출입국심사 등록줄에서 모녀를 다시 만났다. 딸은 이미 등록했고, 어머니는 처음이라서 등록하려고 한다. 함께 또 오려나 보다. 나도 대만에 또 오려고 줄을 섰다. 딸이 여행을 준비했을 것이다. '타이베이 좋다. 나중에 엄마 모시고 와야지.' 좋은 것을 보면 사랑하는 사람이 떠오른다.

　나는 공항에서 나오자마자 딤섬을 먹으러 갔다. 사실 큰 계획에 '딤섬을 먹는다'도 있었다. 딤섬을 좋아해서 타이베이에서 먹는 날을 고대했다. 딤섬은 한입에 쏙 들어가서 간편한데, 그 안에 따뜻한 육즙과 함께, 고소하고 통통한 속을 먹으면 든든한 식사가 된다. 지금 출발하면 딤섬집 오픈 시간에 맞춰 도착한다. 딤섬으로 유명한 딘타이펑 본점으로 향했다. 그런데 본점은 포장만 가능하고, 걸어서 3분 걸리는 신생점에서 딤섬을 먹을 수 있다. 횡단보도를 건너면서 설렜다. 캐리어만 없었으면 뛰어갔을 것이다.

　오전 11시, 문 여는 시간에 도착해 바로 들어갔다. 건물 전체가 딤섬집이다. 벌써 손님이 가게를 채우고 있다. 나는 샤오롱바오를 다섯 접시나 먹었다. 이 집에서 제일 유명한 게 샤오롱바오다. 새우, 버섯 등 다양한 속이 들어간 것을 먹었는데, 돼지고기가 들어간 게 제일 맛있었다. 그 육즙은 당장 타이베이로 떠나고 싶게 한다.

　오후 12시가 조금 넘었다. 든든하게 배를 채웠고, 이제 출판사에 가자. 걸어서 15분이면 도착한다. 타이베이의 5월은 기분 좋게 덥다. 날씨는 30도로 기온은 높지만 습하지 않다. 하늘은 파랗고 저 멀리 높은 건물의 내부가 보일 정도로 공기가 맑다. 따사로운 햇살이 피부에 스며든다. 나는 이런 여름을 사랑한다. 예감이 좋다. 내가 가는 길에 무언가 이뤄질 거라는 설렘.

타이베이는 도시 전체가 평지에 반듯한 대로가 뻗어 있다. 희한한 건 대로변의 모든 건물이 인도에 가림막을 만들고 있다. 햇빛을 피할 수 있는 터널처럼 인도가 있고, 그 옆에는 하늘이 뚫린 인도가 있다. 나는 한낮의 해를 피해 터널 인도로 캐리어를 끌고 걸었다. 바닥이 매끈해서 캐리어가 부드럽게 미끄러진다. 도로마저 나를 돕는구나.

오후 12시 40분, 출판사 건물에 도착했다. 엘리베이터를 타고 올라가면서 가방에서 《대화의 정석》을 꺼냈다. 엘리베이터가 열리자 구글 사진에서 본 출판사 간판이 크게 등장했다. 영상과 사진으로 첫 만남을 기록했다. 사무실의 불은 꺼져 있다. 점심시간이라 잠시 꺼뒀나 보다. 대만도 사무실 풍경은 우리나라와 비슷하구나. 도시락이나 간편한 음식으로 점심을 해결하는 직원들이 보였다. 문 앞에서 번역기를 입력한다. "저는 이 책의 저자입니다. 한국에서 왔어요." 때마침 한 직원이 나를 발견해 다가왔다. 앞머리에 헤어롤을 두르고, 입안에 음식이 남았는지 우물거리면서. 직원은 중국어로 말을 걸었다. 나는 책을 흔들었다. "한국분이세요?" 깜짝이야. 헤어롤 직원이 한국어로 말했다.

나도 천천히 한국어로 얘기했다. 그는 잠시 기다려달라고 했고, 달려가 다른 직원에게 내 존재를 알렸다. 다시 뛰어온 헤어롤 직원은 나를 안쪽 회의실로 데려갔다. 더울까 봐 에어컨을 틀어준다. 헤어롤 직원은 안경 쓴 직원을 데리고 왔다. 안경 직원은 유창하게 한국어를 구사했다. 여기 와서 한국어를 들을 줄이야. 나는 계약서 일부를 보여줬다. 안경 직원은 말했다. "담당자를 찾았어요. 지금 식사하러 외부에 나갔는데, 들어올 때까지 기다릴 수 있어요? 점심시간이 12시부터 1시 30분까지예요." "당연히 기다리죠. 제가 대만에 온 건 바로 그를 만나기 위해서예요." 그동안 우리는 이야기꽃을 피웠다.

　이들은 한국어 잡지를 매달 발행한다. 이런 이유로 한국어를 잘한다. 최근 출간한 잡지를 보여줬다. 한국 드라마, 영화, 노래를 통해 한국 문화와 한국어를 쉽게 설명하고 있다. 대만에 한국어 토픽 시험을 응시하는 사람이 해마다 늘어 한국어를 공부하는 사람이 많다고 했다. 나는 한국어를 가르치고, 외국인 수강생도 많고, 특히 베트남에서 내 책과 영상으로 공부하는 수요가 폭발적이라고 어필했다. 흥버튼 유튜브와 인스타그램을 보여주고, 첫 책도 소개했다. 그들은 나의 구독자가 됐다. 안경 직원은 내 책을 본 적 있다고 했다. 안경 직원에게 한국어를 정말 잘한다고 얘기하니까, 양손을 흔들면서 "아니에요"라고 했다. 한국 사람이 따로 없다. 나의 깜짝 등장으로 갑자기 한국어 말하기 평가를 하는 기분이란다. 안경 직원은 이곳에서 근무한 지 7년, 헤어롤 직원은 2개월째다. 화기애애하게 이야기를 나누는 사이에 담당자가 왔다.

　그는 환한 얼굴로 회의실에 들어왔다. 손에는 계약서를 쥐고 있었다. 팀장 정도로 보이고, 인상이 서글서글하다.

보자마자 든든했다. 그는 한국어를, 나는 중국어를 못한다. 안경 직원과 헤어롤 직원이 중간에 나란히 서서 통역을 담당했다. "갑자기 찾아와서 놀라셨죠? 제 책이 대만에서 나온다고 해서 꼭 찾아뵙고 싶었어요." "아주 반가워요. 이 책이 정말 좋아서 열심히 만들어 출간하겠습니다." "감사해요. 대만에서 책이 언제쯤 나오나요?" "아마 내년 6월 전에 나올 거예요." "잘 부탁드립니다. 그때 또 올게요." 내가 하고 싶은 말은 이게 다였다. 자식을 학교에 보내고 선생님에게 처음 인사드리는 학부모의 심정이 이럴까. 담당자는 십수 년간 출판사에서 일하면서 외국 서적을 많이 출간했는데, 외국 작가가 방문한 건 처음이라고 한다. 이렇게 와줘서 정말 고맙다고 덧붙였다. 나는 무작정 방문해서 걱정했는데, 모두가 환대해줘서 감격했다.

우리는 간판 앞에서 기념 촬영을 했다. 담당자는《대화의 정석》을, 나는 한국어 잡지를 들고 사진을 찍었다. 역사적인 날이다. 헤어지면서 우리는 한국어판《대화의 정석》과 한국어 잡지 두 권을 선물로 주고받았다. 나는 대만판《대화의 정석》이 나오면 다시 오겠다고 말했다.

"대만에 가나요?"라고 말한 날로부터 이곳에 오기까지 5개월이 걸렸다. 생각을 실현하는 기간이 단축되고 있다. 생각하는 대로 실현하는 것은 마음먹기에 달려 있다는 것을 알았기 때문이다. 마침 이날, 러시아 출판사와 두 번째 해외 출간 계약이 완료됐다는 소식을 접했다. 러시아라니, 내가 처음 간 해외, 자유를 절감했던 러시아에서 내 책이 나온다. 나는 러시아로 날아갈 날을 머릿속에 그린다.

편집자에게 영상과 사진을 보내 대만에서의 만남 성사 소식을 알렸다. 편집자는 함께 기뻐하면서 "그분들에게도 좋은 경험이겠네요"라고 했다. 그러네. 우리 모두 오늘을 특별한 날로 기억하겠다. 나의 발걸음이 이곳저곳에서 재미있고 특별한 순간으로 기억된다면 영광이다. 그렇다면 나는 계속해서 발걸음을 옮겨야지. 대만의 뙤약볕 아래 또 와야지. 그날은 중국어로 쓰인 내 책을 처음 만나는 날일 것이다. 나만의 드라마를, 내 손으로 직접 쓰고 있다.

*

04

다정한 마음만큼
사랑스러운 게
있을까

다정한 세상을 원한다.
그래서 나부터 다정하려고 노력한다.
타인을 위해서,
그리고 나를 위해서.

옳은 일을 하면서
크게 성공하기로 했다

바람막이 옷을 사러 파타고니아 매장에 갔다. 직원은 바람막이가 있는지 묻는다. "나이키 바람막이가 있는데, 하나 더 사려고요." 직원은 그걸 입으란다. "파타고니아는 옷을 오래 입는 데 가치를 두고 있어요." 그러면서 꼭 필요한 게 있는지 묻는다. 설악산 가을 등산을 앞두고, 땀이 잘 마르고 정상에서 몸을 따뜻하게 해줄 옷이 필요했다. 직원은 R1 풀오버를 권한다. 자신도 땀이 많은데 이것만 입고 가을, 겨울에도 산에 간다고 했다. 추울 때는 그 나이키

바람막이를 걸치라고. 나는 옷을 들고 탈의실에 갔다. 그리고 파타고니아에 반했다. "우리는 우리의 행성 지구를 되살리기 위해 사업을 합니다."

파타고니아는 페트병으로 옷을 만들기로 유명하다. 기능에 중점을 두고 세탁기에 돌려도 거뜬하고 오래 입을 수 있는 옷을 생산한다. 파타고니아 마니아 중에는 너덜너덜해진 옷을 자랑스레 입고 다니는 사람도 많다. 매장에 가면 수선 코너가 있어서, 옷을 가져가면 수선해준다. 브랜드가 달라도 상관없다. 지구를 되살리기 위한 활동의 일환이다. 공정 무역을 하고, 토양을 되살리고, 이산화탄소 배출을 감소하고, 노동 착취와 환경 저해를 막기 위해 적극적으로 활동한다.

나는 R1을 입고 설악산에 갔다. 시원하고 따뜻했다. 옷은 자세히 보면 가로세로 1센티미터 크기의 네모가 촘촘히 박혀 있는데, 구멍이 뚫려 있다. 이 구멍으로 더운 공기는 나가고 시원한 바람이 들어와 체온을 보호한다. 예전에는 설악산을 오르다가 더우면 옷을 벗어서 가방에 넣고, 추우면 다시 꺼내 입어서 번거로웠는데, 이번에는 이

옷 하나로 초입부터 정상까지 올랐다. 나는 이날부터 파타고니아만 입고 등산한다. 평상복으로도 파타고니아를 즐겨 입는다. 등산할 때 편한 옷은 일상에서 더 편한 법. 파타고니아를 입은 것만으로 나도 지구를 살리는 데 동참한 기분이다.

일상에도 영향을 미쳤다. 옷을 오래 입기, 오래 입을 옷을 사기, 쓰레기를 최소화하기, 텀블러 가지고 다니기, 환경을 저해하는 기업의 제품을 소비하지 않기, 장바구니를 차에 두기, 음식 다 먹기, 친환경 제품 구매하기, 산에서 쓰레기 다섯 개 이상 줍기, 파타고니아 알리기. 한번은 북한산 백운대에서 일행에게 파타고니아가 얼마나 좋은지 쇼호스트처럼 입고 있는 옷을 설명했다. 일행은 그날 이후 파타고니아 팬이 됐다.

나는 사업 방향을 고심할 때 파타고니아를 떠올린다. 닮고 싶은 기업이다. 기업이 나의 삶에 이 정도로 영향을 미친 건 유일하다. 파타고니아 창업자인 이본 쉬나드는 기업의 가치를 지키기 위해 가족 경영을 택했다. 주주가 생기면 지구를 되살리기보다 이익 창출에 목적을 둘 수 있어서다. 이본 쉬나드는 낡은 차를 수십 년 동안 타고, 단층 주택에 살며, 등산과 플라잉 낚시를 즐긴다. 그의 사진을 인터넷에 찾아보면, 평생을 자연과 살아온 거칠고 빛나는 눈빛을 지닌 인간을 볼 수 있다. 이본 쉬나드가 쓴 《파타고니아, 파도가 칠 때는 서핑을》의 서문 제목은 "옳은 것을 선택하고 좋아하는 일을 하면서 압도적으로 성공하는 방법"이다. 나는 이 문구를 보자마자 반했다.

2022년, 또 한 번 파타고니아에 반했다. 이본 쉬나드는 세상을 놀라게 하는 중대한 결정을 발표했다. "우리의 유일한 주주는 지구입니다." 4조 2,000억 원에 달하는 가족 지분 100퍼센트를 환경 단체에 넘겼다. 파타고니아의 모든 수익금은 환경을 살리는 데 사용된다. 나는 파타고니아 홈페이지에 종종 들어가는데, 그때마다 처음 탈의실에서 느낀 강렬한 감정이 다시 찾아든다. 크으— 하는 소리와 함께.

파타고니아는 고객이 그들의 가치를 지지하면서 세계적으로 성장했다. 기업이 세상을 넘어 지구에 가치를 심어주는 옳은 일을 하면서 얼마나 압도적으로 성공할 수 있는지 보여주는 대표적인 사례다. 파타고니아 직원은 한 인터뷰에서 말했다. "우리와 같이 환경을 위해 지분을 양도할 수 있다면 그 회사가 우리의 경쟁사입니다."

나는 사업의 미션을 정했다. "다정한 세상을 만들기 위해 사업합니다." 옳은 것을 하고 좋아하는 일을 하면서 압도적으로 성공하는 방법, 세상을 넘어 지구에 영향을 미칠 수 있는 일은 무엇일까. 숙고 끝에 내가 찾은 답이다. 이 답은 수강생의 얼굴을 떠올리며 찾았다.

한 수강생은 승무원을 준비했다. 항공승무원과를 졸업하고 대학 때부터 8년간 준비했지만, 번번이 서류에서 떨어졌다. 그는 위축돼 있었다. 하지만 나는 그를 통해 승무원이 대단해 보였다. 그는 어린 시절 승무원인 이모를 보면서 꿈을 키웠다. 그때부터 승무원이 되기 위해 노력했다. 승무원은 승객의 안전을 책임지는 사람이기 때문에 그는 위급 상황에 대비해 수영을 연습했다. 무거운 짐을 잘 들도록 근력 운동도 했다. 외국인에게 능숙하게 안내하기 위해 에어비앤비를 운영하고, 언어 교류를 하고, 외국 회사에서 비서로 일하면서 자신이 할 수 있는 최선을 다했다. 이런 사람이야말로 승무원이 돼야 하지 않나. 우리는 열심히 준비했다. 그 후 그는 서류부터 면접까지 넣는 항공사마다 합격했고, 마침내 제일 원하는 항공사에 입사했다. 나는 눈물이 맺힐 만큼 기뻤다.

눈물을 흐르게 한 수강생도 있다. 그는 경찰 면접을 앞두고 나를 찾아왔다. "왜 경찰이 하고 싶어요?" "제가 잘할 수 있는 일이라 생각했습니다." 그는 질문에 한 문장씩 답했다. 나는 이렇게 짧게 답하면 관심이 없어 보인다고 말했다. "아, 그래서 제가 진급 면접에 떨어졌나 봐요." 그는 평생 군인으로 복무하고 싶었다. 나라와 국민을 수호하는 일이 잘 맞았다. 맡은 임무를 신실하게 완수했고, 7년 차에 면접 진급 시험을 봤다. "군인으로서 어떤 점에 자신 있나요?" 그는 자기 입으로 무엇을 잘한다고 말해본 적이 없다. 묻는 말에 짧게 답하거나 모르겠다고 했다. 그렇게 그는 제대해 민간인이 됐다. 면접에서 불합격하면 군인을 그만둬야 하고, 다시 입사하면 말단부터 시작한다. 7년 전으로 돌아가는 것이다.

그와 면접을 준비하면서 나는 감동했다. 묵묵하고 성

실하게 일해온 세월을 들었다. 경찰, 소방, 군인이 합동으로 훈련하고, 무기를 관리하고, 주어진 일을 매일 반복적으로 수행한 이야기를 들으면서 나는 고마웠다. 내가 도시에서 안전하게 일할 수 있는 것은 군인이 변방에서 지켜주기 때문이라는 걸 실감했다. 나는 수년째 육해공군과 국방부 강의와 행사에 가고 있다. 그를 만난 것이 이 선택까지 이어졌다. 나는 그에게 그동안 정말 수고했다고 말했다. 그는 태어나서 이렇게 많은 이야기를 한 것은 처음이라고 했다. 그리고 경찰에 합격했다. "이 모든 건 강사님 덕분입니다. 강사님을 만나지 못했다면 이런 일은 일어나지 않았을 겁니다."

유독 면접에 합격한 수강생이 기억나는 이유는 그 암담함을 잘 알기 때문이다. 계속 탈락하면 인생 자체에 의기소침해진다. 나는 쓸모없는 사람인가 하는 자괴감이 든다. 그 마음을 잘 아는 나는 어두운 터널을 함께 손잡고 걸어나가는 기분이다. "괜찮아요. 조금만 가면 환해요. 제가 이미 지나왔어요. 제 손을 잡아요. 힘들면 저를 의지해요. 저기까지 나가도록 도와줄게요." 누구나 그곳을 벗어나면 마음 한편에 자신감이라는 새싹이 자란다. 나는 할 수 있다는 자기 확신. 인생의 진정한 출발은 터널을 지나고부터다. 그 길에 동반자로 함께할 수 있어서 기쁘다.

말하기는 인생을 바꾼다. 나는 우리가 얼마나 서로를 위하고, 자신을 사랑하는지 알려주고 싶다. 진짜 하고 싶은 말을 하고, 살아가는 이유를 찾고, 매일 행복한 하루를 보내도록 돕고 싶다.

다정의 힘을 세상에 알리기 위해서는 더 많은 지지와 자본이 필요하다. 누구나 말하기의 방법을 배우고 가르칠 환경이 필요하다. 지금도 많은 사람이 지지하나, 아직도 만나지 못한 수많은 사람이 존재한다. 다정한 말하기를 알리는 일이 나에게는 옳은 방식으로 크게 성공하는 것이다. 세상의 수많은 사람이 다정한 세상에서 살고 있다고 느끼는 그날을 위해 전력을 다할 것이다.

타인에게 도움을 주는
말만 하겠다

'요즘 너무 많은 말을 하는 게 아닌가.' 나는 문제의식을 느꼈다. 문제의 핵심은 말이 아주 쉽게 전파되고 잘 받아들여진다는 것이다.

나는 방송하면서 심의 규정을 따랐다. 방송 사업자는 방송통신심의위원회의 방송 심의에 관한 규정을 준수한다. 이 규정을 위반하면 법정 제재를 받는다. 가령 홈쇼핑에서 쇼호스트는 국내산 야생 블루베리 10팩을 팔면서 "이 블루베리가 눈 건강에 좋아요"라는 말을 할 수 없다.

블루베리에 들어 있는 영양소인 안토시아닌은 눈 건강에 좋다. 이는 수많은 연구 결과로 입증된 사실이다. 그러나 홈쇼핑에서 파는 국내산 야생 블루베리 10팩에 있는 안토시아닌은 얼만큼인지, 그 안토시아닌이 눈 건강에 어떤 직접적인 효능 효과를 미치는지 객관적인 연구 결과로 밝힐 수 없다면 할 수 없는 말이다. 소비자를 기만한 행위로 법정 제재를 받게 된다.

쇼호스트는 방송 심의를 준수하면서 이렇게 판다. "블루베리에는 안토시아닌이 풍부한데요. 안토시아닌은 눈 건강에 좋은 영양소예요(안토시아닌을 설명하는 피켓을 든다). 안토시아닌은 항산화 성분으로 어쩌고저쩌고…. 이 안토시아닌이 많이 들어 있는 과일이 바로 블루베리인데요. 블루베리 100그램에는 안토시아닌이 무려 ○○퍼센트나 있어요(블루베리 영양소 성분 피켓을 들고 있다. 피켓 아래쪽에는 작은 글씨로 출처가 쓰여 있다). 오늘은 국내산 야생 블루베리 10팩을 드립니다." 기본 상식과 홈쇼핑 판매 상품을 분리해서 말하는 것이다. 나는 쇼호스트로 근무할 때 방송 심의 규정을 공부하고 사내 자체 시험도 치렀다.

내가 아나운서와 기자일 때는 기사와 원고를 쓰면 상사가 검토했다. 공정성과 객관성을 지키고 회사의 통제하에 방송했다. 그러나 사업을 하면서 통제는 사라졌다. 내가 하는 말은 검열 없이 방송에 나가고, 소셜 미디어를 통해 퍼지고, 책에 실리고, 입에서 입으로 전달되면서 사람들에게 받아들여진다. 물론 방송 전에 작가와 피디가 일차적으로 원고를 본다. 그러나 별다른 말을 하지 않는다. 괜찮은 것이다. 특정 상품을 홍보하지 않고, 나쁜 말도 없으니까. 그래도 낯설었다. 왜 아무도 뭐라고 안 하지?

그것은 권위에서 비롯한다. 사람들은 나를 말하기 전문가로 인식한다. 스스로 성장한 말하기의 노하우에 관해 옳고 그름을 판단하지 못한다. 한 개인의 성장에 관한 고찰은 연구 결과가 아니라 삶 자체이기 때문이다. 검증 대상으로 성립할 수 없다. 처음에는 통제가 없다는 사실에 자유로웠고, 내 말을 누구나 받아들인다는 사실에 묘한 희열도 느꼈다. 그러나 잠시뿐이었다. 두려움이 엄습했다. 이 두려움은 생방송 뉴스를 보도할 때부터 나를 따라다녔다.

2009년, 저녁 8시 생방송 뉴스가 시작됐다. 카메라에 빨간불이 켜진다. 나는 앵커로서 뉴스를 보도한다. '나만 말할 수 있다.' 스튜디오에 있는 카메라 감독도, 화장을 수정하기 위해 있는 메이크업 아티스트도, 스튜디오 밖에 있는 국장도 숨을 죽인다. 빨간불이 켜질 때는 나만 말할 수 있다. 누구도 내 말을 끊을 수 없고, 나의 한마디에 모두가 집중하는 건 굉장히 짜릿하다. 동시에 말에 대한 막중한 무게를 견뎌야 했다. 그리고 이 무게는 점점 무거워졌다.

어느 날 뉴스 원고를 보면서 생각했다. 과연 이 기사를 보도하는 게 맞는가. 반드시 이날 이 시간에 나갈 필요가 있는가. 조명받지 못한 사건은 어디에 있는가. 이 기사는 진정 시청자의 삶에 도움을 주는가. 뉴스는 통상 보도국 회의를 거쳐 결정한다. 회의에서 기자는 취재 아이템을 선정하고, 보도 방향을 잡는다. 특집 기사, 기획 기사, 밀착 취재, 단신 기사, 인터뷰 기사 등이 정해진다. 우리는 뉴스를 공정하다고 믿는다. 우리는 기자가 객관적으로 사실을 검증하고 취재해 보도한다고 생각한다. 그러나 정말 공정할까? 기자의 질문에 따라 대답은 달라질 수 있지 않을까?

가령 기자가 십 대 마약 사범이 느끼는 현실을 정부의 미흡한 대책 탓이라고 보도하기로 정한다. 기자는 마약 중독 치료를 받는 딸의 부모를 찾아가 묻는다. "딸이 마약 중독 치료를 받고 있는데, 정부는 어떤 지원을 하나요? 정부 관계자가 찾아온 적이 있긴 한가요?" 이는 "정부 관계자가 방문했나요?"라고 묻는 것과 다르다. 뉘앙스의 차이만으로 기자의 의도를 담을 수 있다. 또는 미디어 탓이나 학교 교육의 부재로 보도한다면 기자는 이렇게 물을 수 있다. "자녀가 유튜브를 과하게 보나요? 공부에 방해가 될 정도인가요? 학교에서는 영상을 볼 수 없도록 하는 규제나 교육은 안 하나요?" 이는 "학교에서는 이와 관련한 교육이 있나요?"라는 질문과 다르다. 부정어를 쓰는 것만으로 의도가 전달된다.

이런 질문은 객관적일까? 기자가 개인적 가치관을 배제했다고 확언할 수 있을까? 의사를 결정하는 과정에서 보도의 정당성과 합리성, 객관성, 공정성을 준수했을까?

총성이 오가는 전쟁터의 참혹한 죽음과 이웃집 할머니의 고독사 중에 무엇이 뉴스가 될까? 왜? 무엇에 따라? 이런 생각은 뉴스를 보도하면서 깊어졌다. 그렇다면 올바른 방향은 무엇일까. 나는 학문으로 연구하고, 그 답을 찾고 싶었다. 그렇지 않으면 말할 수 없다고 판단했다. 그래서 앵커를 관두고 신문방송대학원에 입학했다. 그리고 답을 찾았다. 이제부터 타인에게 도움을 주는 말만 하겠다.

나는 교육 사업을 한다. 교육은 말로 하는 것이고, 인생을 바꿀 수 있다. 나의 인생을 바꾼 결정적인 문장들도 강연을 통해 들은 말, 책에서 본 말이다. 한 문장이 인생을 바꿔놓는 것, 그것이 말의 힘이다. 그러므로 교육을 하는 나는 아무 말이나 해선 안 된다.

스스로 통제하지 않으면 통제 없는 상황에 익숙해진다. 권위는 사람을 반듯하게 세우기도 하지만, 잘못된 권위의식은 사람을 망가뜨리기도 한다. 이 세상을 파국으로 만드는 건 후자에 놓인 사람들이다. 나는 스스로 말을 통제하기로 했다. 타인에게 도움을 주는 말만 한다. 이 기준에 해당하지 않으면 말하지 않으려 노력한다. 가령 "왜 이렇게 더운 거야?"라는 말을 안 한다. 사소한 불평, 의미 없는 말, 타인이 들으면 기분이 가라앉을 말이기 때문이다. 만약 환경 위기 문제를 두고 토론할 게 아니라면 말하지 않는 것이다. 더운 게 짜증나서 툭 튀어나온 불평이나 불만은 타인에게 도움을 주지 않는다. 같이 언짢아질 뿐이다. 메시지에도 안 쓴다. 열대야가 18일째 이어진 여름밤 9킬로미터쯤 달렸을 때 지쳐서 걸었다. 친구와 메시지를 주고받으며 "오늘은 달리기 실패"라고 썼다가 지우고 다시 썼다. "오늘 달리기는 꽤나 도전적이군."

일상에서 거의 매 순간 긍정적인 말을 쓰려고 노력한다. 예컨대 "포기하지 않았다" 대신 "끝없이 도전했다", "경제 상식이 부족해" 대신 "경제 상식을 공부하고 싶어", "체력이 없어" 대신 "체력을 키우고 싶어", "발표를 못해" 대신 "발표를 잘하고 싶어"라고 한다. 긍정적인 언어 습관이 나와 타인을 긍정적으로 만들기 때문이다. 말은 행동과 의식에 지대한 영향을 미친다.

타인에게 도움을 주는 말만 해서 가장 좋은 점은 편하다. 후회할 말이 나오지 않는다. 상대방을 다치게 할 일도 없다. 그러니 누구를 만나도 기분 좋게 대화한다. 내가 만난 사람의 얼굴을 떠올리면 아주 밝고 환하게 웃고 있다. 낯선 사람도 나와 대화하면 얼굴이 편안해진다. 생각지 못한 질문을 받아 자신을 돌아보고 깊은 대화를 나눈다. 친한 사람과 대화할 때도 도움을 주는 말을 한다. 그것은 문제를 해결하거나 조언을 하는 게 아니다. 우리가 함께 있는 시간에 기분 좋은 감정을 유지하는 게 도움을 주는 것이다.

무엇보다 가족이나 친구와 대화할 때 엄격하게 나를 통제한다. 친할수록 조언하기 쉽고, 자신이야말로 옳은 말을 해줘야 한다고 여긴다. 그러나 대부분의 조언은 내가 바라는 상대의 모습이지, 상대방 자신이 바라는 모습은 아닌 경우가 많다. 정말로 상대방에게 도움이 되는지 한 번 더 생각한다. 대개는 필요 없는 말이다. 내가 내 상황을 제일 잘 알고 해결할 수 있듯이 상대방도 그렇다. 우리는 스스로 길을 찾도록 안내자 역할을 하면 충분하다. 이러한 습관은 상대방의 이야기를 상대방 입장에서 듣게 한다. 나를 떠나서 대화하면 상대방을 잘 이해하고, 서로를 알 수 있는 깊은 대화가 가능하다.

그렇게 살면 답답하지 않냐, 불평도 하고 화도 내는 게
맞지 않냐, 어떻게 참느냐고 한다. 참는 게 아니다. 화가
안 난다. 과거의 나는 공룡처럼 화를 냈다. 입에서 불을 뿜
어 사방을 화르르 태웠다. 나를 화나게 한 사람을 재로 만
들어야 직성이 풀렸다. 상대방이 무엇을 잘못했는지 뼈저
리게 후회할 만큼 알려줬다. 사과는 받아도 용서하지 않
았다. 내 기분이 나빠졌으니 너는 더 기분이 나빠야 한다.
상대방의 일그러진 표정을 보면 그제야 분이 풀렸다. 그
런데 곧 나도 불쾌했다. 싸움으로 소모되는 감정은 승패
와 상관없이 사람을 피폐하게 한다. 나는 이런 내 모습이
마음에 들지 않는다. 침착하고 이성적으로 사태를 해결하
고 싶어서 감정을 다루는 훈련을 부단히 한다.

화가 나면 내 마음을 들여다본다. 마셜 B. 로젠버그가
《비폭력대화》에서 말했듯 "분노는 내 안에 채워지지 않
은 욕구가 있다는 신호"다. 타인은 나의 욕구를 자극한 것
뿐이다. 그렇다면 타인에게 화를 낼 게 아니라 내면을 들
여다보고 무엇이 필요한지 찾는 게 옳다. 그것이 나에게,

타인에게도 이롭다. 타인에게 도움을 주는 말은 다정한 말이다. 이것은 결국 나에게 도움을 주는 말이다. 그래서 나는 기어이 다정해지기 위해 노력한다.

다정한 말이
이긴다

해변에서 파티가 열렸나. 음악 소리를 따라간다. 검은색 스피커 옆에 흑인 남성이 있다. 레게 스타일로 땋은 머리카락은 허리까지 내려온다. 어찌나 숱이 많은지 까딱하면 뒤통수가 넘어가겠다. 그는 음악에 몸을 맡긴 채 자유롭게 춤을 춘다. 달빛 아래 바닷가에서 춤이라니. 낭만적이잖아! 나는 리듬에 발을 맞추면서 해변 클럽을 빠져나간다.

이곳에는 자신에게 심취한 사람이 천지다. 팬티만 입고

걷고, 누더기 차림새로 모래에 누워 자고, 맨발로 도로를 뛰어다녀도 아무도 신경 쓰지 않는다. 여기서는 나의 특이한 구석을 드러내도 괜찮다. 눈이 마주치면 암호를 주고받듯이 눈빛을 보낸다. 너 지금 행복하구나. 너의 방식대로 즐겨.

하와이에 온 첫날부터 다정함을 느꼈다. 처음에는 이름 때문이었다. 대니얼 K. 이노우에 국제공항에서 택시를 탔다. 기사는 칠십 대 후반의 백발 남성으로, 몸집이 커서 승용차가 작아 보인다. "헬로우." 그는 얼굴 전체로 웃는다. 빨간색 꽃무늬 하와이언 셔츠가 들썩인다. "이름이 뭐예요? 어디에서 왔어요?" "홍수. 한국에서 글을 쓰려고 왔어요. 하와이 날씨가 좋다고 해서요." "오, 홍수! 하와이는 세계에서 가장 날씨가 좋아요. 잘 왔어요. 글을 쓰다니, 멋져요!" 오후 2시의 태양만큼 밝은 응원이다. 마음에 태양을 담고 택시에서 내렸다. 숙소 앞에서 주인을 만났다. "당신이 홍수군요! 반가워요. 아직 청소 중이에요. 5시에 올래요?" 주인과 반갑게 인사하고 바다에 갔다.

고소한 냄새에 이끌렸다. 방파제 앞에 있는 스테이크

덮밥집에서 나는 냄새였다. 눈부신 태평양 바다를 배경 삼아 식사할 수 있는 곳이다. 나는 덮밥을 주문했고, 직원은 이름이 무엇이냐고 물었다. "메리." 얼결에 나는 메리라고 말했다. 분주한 주방의 모습에 쉬운 이름을 댔다. 직원은 하얀색 밥그릇에 'Mary'라고 적는다. "메리!" 푸른 바다, 맛있는 식사. 나는 왜 이렇게 기분이 좋을까. 공항에서 이곳까지 1시간쯤 지났나. 세 사람이 내 이름을 묻고 이름을 불렀다. 이렇게 짧은 시간 동안 내 이름을 궁금해하는 사람을 만난 게 어쩐지 낯설고 좋다. 왠지 이 낯선 땅에 나를 아는 사람이 있는 듯했다.

매너에서도 다정함을 느꼈다. 호텔 엘리베이터가 1층에 도착했다. 엘리베이터 문은 보물이라도 숨겨놓은 것처럼 느리게 열린다. 내 코부터 얼굴, 몸의 윤곽이 드러난다. 하와이안 셔츠를 입은(이쯤 되면 하와이에선 하와이안 셔츠를 입어줘야 한다) 백발의 신사가 한 발짝 물러선다. 문이 열리자마자 내가 달려 나갈 사람처럼 보였기 때문일 것이다. 그는 상냥한 미소를 지으면서 손바닥으로 곡선을 그리고 먼저 가라는 제스처를 한다. 건물을 드나들 때도 사람들은 먼저 지나가라고 문을 잡아준다. 나는 성큼성큼 걸으면서 생각했다. '나는 왜 엘리베이터 앞에 붙어 있지?' '나는 왜 빨리 걷지?' 당연하게도 평소 습관이다. 나는 무엇을 하든 마감을 정해놓는다. 마감까지 속도를 내서 몰아붙인다. 나의 마음은 바빴고, 글을 끝내는 게 중요했다.

하와이에 온 것은 초고를 완성하기 위해서다. 나는 두 달 남은 마감일까지 하루에 쓸 분량을 정했다. 챕터는 일곱 장, 각 장에 일곱 개의 글을 쓴다. 총 마흔아홉 편. 두 달이니까 하루에 한 편씩을 써도 되지만, 한 달 동안 다 쓰고, 남은 한 달은 수정하기로 했다. 그러려면 하루에 두 편 이상 써야 한다. 물론 이 계획은 지켜지지 않았다. 그것도 예상했다. 그래서 처음부터 몰아붙인 것이다. 하루 두 편을 쓰는 데 10시간 이상이 걸렸다. 나는 하와이에 있으면서 하와이에 없었다.

나는 미래를 위해 오늘을 희생하고 있었다. 그러나 오늘은 내 인생의 마지막일 수 있다. 하와이에 오기 전, 나는 스스로에게 묻지 않았나. "네가 글을 쓰다가 죽는다면 죽어도 괜찮은 곳이 어디야?" "하와이." 그토록 원하던 하와이에 오지 않았는가. 나는 느껴야 한다. 지금 여기에서 느껴지는 모든 것을. 이곳에서만 느낄 수 있는 생생한 것을! 행복한 오늘이 모여 행복한 인생이 된다.

하와이에 있는 사람들은 다정하다. 나는 그 이유를 찾았다. 여기 있는 사람들은 '지금 이 순간'에 집중한다. 사랑하는 사람과 휴가를 온 순간을, 파도를 타고 있는 순간을, 태양이 붉게 타오르는 순간을, 따사로운 햇볕이 피부를 물들이는 순간을, 땅을 박차고 달리는 순간을, 음악에 몸을 맡긴 순간을 누린다. 내 존재의 이유라고 여겨지는 사랑하는 사람에게 몰두한다. 지나갈 것이기에 지금 이 순간에 집중한다. 현재에 집중하는 것이 우리를 얼마나 다정하게 하는지 깨달았다.

곁에 있는 친구, 연인, 가족 그리고 나에게 최선을 다해 사랑을 표현할 때 낯선 이들에게도 다정을 베풀 수 있다. 우리 모두는 누군가의 친구이고, 연인이고, 가족이기에. 고독하게 글을 쓰러 온 낯선 땅에서 기대하지 않은 사랑을 받았다. 나는 이것이 하와이가 지상 최대의 천국이라고 불리는 이유라고 여긴다.

와이키키 바다는 모두에게 열려 있다. 끝내주게 멋진 모래사장은 주인이 없다. 자리를 맡을 필요가 없다. 늘 인파가 많지만 비좁은 느낌이 들지 않는다. 사방이 드넓은 바다다. 어느 곳에 앉아도 환상적인 전망을 감상할 수 있다. 나는 두 달 동안 하와이에 머물면서, 웃는 얼굴을 가장 많이 봤다. 이미 내가 가졌다는 마음. 어쩌면 이것은 내가 무엇도 가질 수 없다는 걸 아는 게 아닐까. 자연은 보고 만지고 느낄 수 있지만, 가질 수는 없으므로. 빈손으로 와 빈손으로 떠난다. 사랑도 마찬가지다. 가질 수는 없지만 할 수는 있다. 그러니 우리 지금 이 순간에 사랑하자. 이 순간은 내 것이므로.

사람들은 나를
가만두지 않는다

열흘 동안 제주에 있다. 외딴 섬에 있는데 친척 집에 온 기분이다. 나는 글을 쓸 때는 글만 쓴다. 이외에 어떤 계획도 없다. 시간이 허락한다면 달리기를 할 뿐이다. 지금은 마감을 앞두고 있다. 이럴 때는 달리기도 못 할 때가 많다. 마음이 분주해서 거의 18시간 동안 원고를 뜯어고친다. 언제부턴가 제주에 올 때는 렌트카도 빌리지 않는다. 오피스에서 하루 종일 글을 쓰기 때문이다. 끼니는 인근 식당에서 해결한다. 여기 있는 자전거를 타거나 뛰어가면 금방이다. 집필을 위해 이외의 것은 차단한다.

그런 나를 자꾸 사람들이 가만두지 않는다. 이곳 직원들은 자주 오는 내 얼굴을 알고, 인사를 건넨다. "이번에도 책 쓰시나 봐요?" "베이글 하나 드세요." "집필을 응원합니다." 작은 거라면서 먹을 것과 손편지를 주는 직원들 덕분에 나는 사랑으로 마음이 넉넉해진다. 목요일에는 오피스 런이 있다면서 같이 달리자고 해서 합류했다. 오피스에 온 지 3년 만에 직원 아닌 사람과 말을 해본다. 사계 해안을 달렸다. 어색함은 사라지고 신이 났다. 우리는 송악산까지 올라갔다가 뛰어 내려왔다.

이때 나눈 대화가 참 좋았다. 한 달 동안 제주에 온 사람이 있다. 그는 축구를 좋아하고, 사람들에게 축구의 이로움을 알리고 싶어서 방법을 찾는 중이라고 했다. 그는 나에게 어떻게 작가가 됐는지 물었다. "말을 못해서 열심히 연습했더니 실력이 늘었어요. 말을 잘하니까 많은 가능성의 문이 열려요. 삶이 행복해요. 행복해지는 방법을 사람들에게 알려주고 싶어요." 우리는 서로에 대해 거의 아는 게 없지만, 도움을 주고 싶다는 마음 하나로 공감했다.

그런 사람이 한 건물 안에 있는 것만으로 세상이 예뻐 보였다.

함께 달린 또 다른 사람이 같이 점심을 먹자고 했다. 두 달 살이 중인 사람까지 셋이서 돈까스를 먹으러 갔다. 여기서 사람들과 밥을 먹은 것도 처음이다. 함께 달린 사람은 게임을 만들고, 두 달 살이 중인 사람은 웹 디자이너다. 우리 셋은 하는 일은 다르지만, 그림을 그리는 공통점이 있다. 서로의 그림을 보여주면서 귀여워하고, 그림을 그린 사연을 나누다가 꿈까지 이야기했다. 웹 디자이너는 이직을 준비하고 있는데, 인생을 어떻게 살지 고민했다. 나는 살아 있음이 가능성이라고 말했다. 무엇이든 꿈꾸라고 진심으로 응원했다.

오빠와 새언니가 찾아왔다. 서귀포로 언니네 부모님과 놀러 온 김에 근처에 있는 나를 찾아온 것이다. 나는 딱 한 군데, 햄버거 가게에 가고 싶었다. 뛰어가자니 멀고, 자전거로 가기에는 시간이 없어서 참고 있었다. 그런데 오빠가 멋지게 자동차를 끌고 와서 햄버거 가게에 갔다. 치즈 햄버거와 감자튀김, 타코까지 맛있는 저녁 식사를 했다.

꼼비노에 디저트도 먹으러 갔다. 이 집 사장님과는 각별한 추억이 있다.

지난번 제주에 왔을 때 15킬로미터를 달린 적이 있다. 5킬로미터를 뛰어서 젤라토를 먹고 10킬로미터를 뛰어서 돌아오는 코스였다. 그날따라 멀리 뛰고 싶었고, 오피스 사람이 그 집 젤라토가 맛있다고 해서 달려갔다. 그런데 돌아올 일이 걱정이었다. 제주의 저녁은 해가 지면 깜깜하니까. 꼼비노 사장님은 땀범벅인 나를 보더니 찬물을 줬다. 또 뛰어갈 거냐고 묻길래 그렇다고 했더니 사장님은 창고에서 작은 손전등을 꺼내줬다. 차들이 나를 발견할 수 있게 버튼을 두 번 눌러서 깜빡거리도록 켜고 뛰라고 신신당부했다.

나는 삐삐 같은 손전등을 손에 받아들고 먹먹했다. 너의 생명은 귀중하니까 조심하라고 말하는 것 같았다. 더욱 감사한 것은 뛰어가지 말라고 말리지 않은 것이었다. 사장님의 눈빛에는 그런 마음이 느껴졌지만, 적당한 거리를 유지하면서 불을 켜고 달리라고만 말하는 게 고마웠다. 그날 밤 깜깜한 제주 바다는 1초마다 번개가 번쩍이고, 내 손에는 작은 번개가 번쩍였다. '저 여기 있어요.' 나는 심장을 손에 쥐고 뛰는 기분이었다. 덕분에 시커먼 제주의 밤길을 달려도 무섭지 않았다.

그렇게 고마운 사장님이다. 그 사장님에게 손전등을 돌려주기 위해 제주에 올 때 챙겨왔다. 이번엔 뛰지 않고, 오빠 차를 타고 갔다. 이 집 젤라토는 청보리, 성게, 블루베리를 포함해 제주산 제철 식재료로 만들어 특별한 데다, 쫄깃하고 꾸덕한 식감에 맛은 담백하고, 먹고 나서도 속이 편하다. 그 맛을 사랑하는 오빠와 새언니에게 보여줘서 기뻤다. 무엇보다 사장님에게 고맙다는 말을 전해서 행복했다. 사장님은 이제서야 말했다. "밤에는 위험해서 뛰면 안 돼. 나도 딸들이 있어서."

제주에 사는 멋진 언니와도 인연이 생겼다. 그 언니는 나와 달리고 싶다고 했다. 나도 평소에 흠모하던 사람이라서 함께 달리기로 했다. 그런데 비가 와서 우리는 카페에서 만나 대화를 나눴다. 언니는 어릴 때부터 조용해 사람들을 관찰했다. 소통에도 관심이 많아서 나를 만나고 싶었다고 했다. 어린 시절의 이야기가 나와 비슷해서 유대감이 들었다. 언니가 세상을 대하는 태도는 멋지다. 우리는 모두 흙으로 될 것이기에 무엇도 두려워할 게 없다, 사랑을 받은 적이 없어도 내가 받고 싶은 사랑을 주면 된다고 말했다.

언니는 오피스에 나를 내려줬다. 비 맞지 말고 차를 타고 가라고. 다음 날에는 언니네 가족과 고기를 먹자고 데리러 왔다. 가족이 있어서 정말 행복하다고 말하는 언니를 보면서 나도 행복했다. 그다음 날에는 함께 수영하러 가자고 데리러 왔다. 언니는 내가 바닷가를 달리기만 하고 수영한 지는 오래됐다는 얘기를 듣고, 잠시만이라도 물속의 고요를 즐기라고 나를 데려간 것이다. 내가 쓸 수영복과 모자, 수경, 수건까지 챙겨왔다. 언니는 철인 3종 경기를 앞두고 수영 연습을 하는데, 앞에서 한 남성이 걸으면서 언니의 길을 막았다. 그런데 언니는 개의치 않고, "나도 얼마 전에 저렇게 걸었어"라고 말하고는 물속으로 들어갔다. 이 언니 진짜 멋지다.

가는 길에는 빵집에 들렀는데, 언니는 갓 구운 빵과 사장님을 찍어 자신의 인스타그램에 올리면서 홍보했다. 나는 언니에게 어쩜 그렇게 사랑이 넘칠 수 있는지 물었다. "나는 모든 사람이 다 잘되면 좋겠어." 언니는 낯설면서도 편안하고, 나를 동생처럼 챙겨주는 게 고마웠다. 내가 제주에서 혼자 있고, 차도 없고, 밥도 잘 안 챙겨 먹을 것 같으니 계속 불러낸 것이다. 든든하게 마음과 배를 채운 뒤 언니는 나를 내려주고 멋지게 돌아갔다.

나는 생각한다. 세상은 정말 따뜻하다. 비현실적이라고 느껴질 만큼. 나의 세상에는 어둡고 날카로운 시절이 있었다. 그때 나는 세상을 싫어했고, 내 사람들만 챙겼다. 그런데 세상은 나를 가만히 두지 않는다. 자꾸 따뜻한 것을 보여주고, 낯선 사람들이 선한 손을 내밀고, 온기 속으로 나를 데려간다. 내 삶에는 얼마나 좋은 사람이 많았는지 헤아릴 수 없을 정도다. 그것은 내가 받은 가장 큰 축복이다.

그럼에도 아직도 과거의 내가 남아 있다. 세상이 이렇게 따뜻하다는 것을 수십 년간 겪으면서 알지만, 혼자가 편하다는 생각과 세상에 어둠이 있다는 진실을 마주한 고독이 여전히 저 아래에 깔려 있다. 집필을 위해 고립하는 것도 친밀한 어둠이 익숙하기 때문이다. 고립은 집필에 몰두하는 환경을 만들지만, 더 도움을 주는 것은 사랑이다. 사랑하는 마음이 더 좋은 글을 쓰게 한다. 그걸 알면서도 홀로 있기를 선택하려는 나를 세상은 가만두지 않는다. 똑똑, 밥 먹자!

프레드릭 배크만의 《오베라는 남자》가 떠오른다. 오베는 세상에서 제일 까칠한 사람이다. 그가 유일하게 다정한 사람은 오직 사랑하는 아내다. 그런 아내가 세상을 떠난 이후 오베는 아내를 따라가려고 한다. 모든 준비를 마치고 계획을 실행하려는데, 마지막 순간을 맞이하기 직전마다 그를 방해하는 사람들이 있다. 바로 이웃이다. 봄날의 햇살 같은 이야기다. 심연의 어둠까지 햇살을 비춘다. 나는 오베가 된 기분이다. 내가 받은 사랑을 나도 돌려줘야지. 가만두지 않을 거야.

당신은 무엇에
반할 것인가

길을 가는데 한 남자가 건너편에서 성큼성큼 다가와 내 몸을 쓱 만지며 지나갔다. 깜짝 놀라서 돌아보니 그는 실실 웃었다. 고의였다. 나는 달려가서 그를 잡아 경찰에 넘겼다. 그는 만취 상태였고, 범행 사실을 전면 부인했다. 반성은커녕 나를 심부름 센터에서 고용한 사람일 거라며 헛소리를 해대는 그를 보면서 나는 각오를 다졌다. 끝까지 간다.

부모님에게는 말하지 않았다. 그런데 회사에 있다가 아

버지한테서 전화가 왔다. "뭐하고 다니는 거야?" 법원에서 집으로 증인 소환장이 날아와 아버지가 알게 됐다. 법원으로 사건이 올라가면 피해자는 증인으로 신분이 바뀐다. 서러웠다. 딸이 범인을 잡았는데, 칭찬이나 도움을 주지 못할망정 화를 내다니. 아버지는 걱정이 생기면 화를 낸다. 이런 일은 피해자가 힘든 법이니까. 그러나 나는 아버지의 걱정 어린 마음을 헤아릴 여유가 없었다. 아버지에게 상관 마시라고 쏘아붙였다.

외롭고 힘든 싸움이었다. 하지만 나는 적극적으로 소명했다. 경찰서에서 검찰청, 법원에 이르기까지 나의 주장은 한결같았다. "저 같은 피해자가 다시는 없길 바랍니다." 나는 여자 고등학교를 다녔다. 학교 주변에 변태가 자주 출몰했다. 어릴 때는 무서워서 피했지만, 이젠 목소리를 내야 할 때라고 직감적으로 알았다. 나는 말을 할 수 있는 성인이고, 그렇다면 말을 하는 게 옳다고, 더는 물러서지 말고 고개를 똑바로 들고, 사회에 올바른 변화를 요구해야 한다고, 내 안에 확고한 결심이 섰다. 그는 벌금형 처분을 받았다. 그때 나는 '말의 힘'을 느꼈다. 아무도 도와주지 않아도 나의 말이 나를 지켜주는구나. 말을 더 잘하고 싶었다. 그리고 누구나 말을 잘하도록, 자신을 지키도록 돕고 싶었다.

사람은 두 가지에 반해야 한다. 하나는 내가 좋아하는 일, 즉 내가 '반하는 일'을 찾는 것이다. 다른 하나는, 내가 동의하지 않고 싫어하는 것에 대해 명확하게 '반대하는 일'이다. 한자로 반대할 반(反) 자를 써서, 반대한다는 뜻이다. 이 두 가지를 잘하면 내 인생을 나답게 살 수 있다고 나는 믿는다.

누구나 좋아하는 것에 대해서는 말을 잘한다. 다만 내가 정말 좋아하는 것을 찾고, 내 것으로 만드는 것은 쉽지 않다. 노력과 도전이 필요하다. 반면에 싫어하는 것, 동의하지 않는 것에 대해 말하는 것은 더욱 어렵다. 그래도 말해야 한다. 그래야 하는 순간이 온다. 내가 사랑하는 것을 지키기 위해서, 더 나은 세상을 위해서 목소리를 낼 수 있어야 한다.

그렇다면 나는 무엇에 반했나. 내가 최초로 반한 건 '말 잘하는 사람'이었다. 그중에서 지상파 아나운서가 멋져

보였다. 나는 케이블 방송국 아나운서로 일하면서 지상
파의 문을 두드렸지만, 스물아홉 살이 될 때까지 그 문은
열리지 않았다. 더 이상 신입 아나운서로 입사하기엔 나
이가 많다고 생각했다. 여성 앵커는 젊고, 남성 앵커는 나
이가 많은 게 보편적인 뉴스 행태다. 나는 여성이 더 오래
방송할 수 있는 쇼호스트로 전향했다. 하지만 점점 힘들
었다.

그러다 손미나 작가의 강연에서 삶의 행로를 바꿨다.
"일주일 뒤에 죽어도 지금 하는 일을 할 건가요?" '아니요.
절대 싫어요' 내 속에서 솟구친 목소리였다. 나는 쇼호스
트로 일하다 죽고 싶지 않았다. 죽음이 있기에 우리 삶은
소중하다. 죽음이 언제 올지 모르는데, 나는 막연히 오래
살 거라는 생각에 오래 일할 수 있는 일을 택했다. 그래서
힘들었던 것이다. 이건 내가 '반한 삶'이 아니다.

나는 당장 오늘 죽어도 여한이 없는 일을 하다가 죽고
싶다. 그 일을 샅샅이 찾았다. 바로 사람을 돕는 일이었다.
내가 진정 반한 건 '도움을 주는 말'이다. 그저 능수능란하
게 말을 잘하는 게 아니라 누군가에게 희망을 전하는 말

에 반한 것이다. 그 세상에서 우리는 각자 스스로를 지키는 힘을 지닐 것이다.

나는 사람들이 이런 말을 할 수 있도록 돕고 싶었다. 그렇게 말하기 강의에 뛰어들었다. 직접 만나지 못하는 사람에게도 말 잘하는 방법을 알려주고 싶었다. 유튜브와 틱톡 등에 영상을 만들어 올렸다. 온라인 클래스를 만드는 일에도 도전했다. 각종 교육 플랫폼에 유통해 말하기 분야에서 1위로 자리매김했다. 게다가 KBS에서 말 잘하는 법을 알리면서 라디오에 출연하고 있다. 그토록 원한 지상파의 문이 활짝 열렸다. 내가 반한 것에 몰입해서 얻은 쾌거다. 내가 반한 것을 계속하기 위해서는 반대하는 것을 명확히 주장할 필요도 있었다.

나는 반대한 것이 많았다. 회사 야유회로 산에 가서 돗자리를 펴고 앉으려는데, 상사가 아나운서들에게 임원 옆에 앉으라고 했다. "왜요?" 나는 반문했고, 다시는 그런 일이 없었다. 굳이 여성을 지목해서 커피를 타오라고 하는 상사도 있었다. 나는 커피를 타주면서 속이 부글부글 끓었다. "이게 마지막입니다. 요즘은 자기 돈 내고, 자기가 커피를 받아오는 시대입니다." 그 상사의 얼굴은 더욱 부글부글 끓었다. 그 후 잘못된 관습은 사라졌다. 친분이 없는 사이인데 회사에서 대뜸 야한 농담을 하면 "사과하세요. 방금 한 말은 성희롱이에요"라고 똑똑히 말했다.

나를 잘 모르는 사람은 이런 모습을 보고 놀란다. 기가 세다고도 한다. 나는 이 말도 반대한다. 발음은 "기가 [쎄다]"가 아니라 "기가 [세:다]"가 맞다. 그리고 이 말은 여성에게만 향한다. '단단하다, 강인하다, 멋지다'라는 말이 더 부합하다. 나는 부당한 것에 대항하면서 반대하는 것에 목소리를 내는 법을 터득했다. 아닌 건 아니라고, 부조리한 건 부조리하다고 말해야 세상이 바뀔 거라고 여겼다.

당당한 삶은 이렇게 두 가지의 반하는 것에서부터 시작한다. 내가 좋아하는 일, 반하는 것을 찾고, 그것을 쟁취하기 위해 도전하는 게 중요하다. 차별과 폭력, 혐오 등 내가 동의하지 않고 반대하는 것에 저항하는 일도 중요하다. 그리고 이 모두는 우리가 세상에 말하는 것으로부터 출발한다. 그렇게 나답게 당당하게 좋아하는 것과 반대하는 것을 말할 때, 우리는 단단해질 수 있다.

최근에 반대하는 목소리가 처벌하고, 맞서고, 분노하는 것만이 다가 아니라는 걸 알았다. 나는 차별과 폭력에 반대한다. 그러면 어떤 세상을 이루고 싶은가. 나는 다정한 세상을 이루고 싶다. 그 세상을 이루는 방법을 말하는 것도 반대의 목소리다. 다정하게 서로를 대하고, 문제가 아닌 해결에 초점을 맞추고, 판단을 내리기 전에 이야기를 듣고, 다른 생각을 존중하고 조율하는 삶의 방식을 알리는 일도 반대의 목소리를 내는 것이다. 즉 내가 원하는 세상, 내가 반한 세상에 집중하는 것이다. 잘못된 것에 반대하는 것을 넘어 좋은 가치를 알리는 일이 더 큰 힘을 발휘한다. 나는 다정한 세상이 도래하도록 앞으로도 목소리를 낼 것이다.

타인을 대하는 태도가
나를 대하는 태도다

5성급 호텔의 대표에게 최악의 고객을 물었다. 생일을 맞이한 고객이었다. 호텔은 서비스로 케이크를 선물했다. 고객은 다음 날 퇴실하면서 케이크를 맡겼다. 그런데 일주일 뒤에 호텔에 와서 자기 케이크를 달라고 했다. 그 케이크는 이미 상해서 버린 후였다. 고객은 왜 내 케이크를 네 마음대로 버렸냐고 소리를 질렀다. 하도 소란을 떨어서 새 케이크를 주겠다고 해도, 그 케이크를 내놓으라고 고함을 질렀다. 어렵게 어르고 달래서 보냈다.

그는 평상시 스트레스가 많았을까. 왜 꼭 그 케이크여야 했을까. 이유는 알 수 없지만 분명한 게 있다. 타인을 대하는 태도가 곧 자신을 대하는 태도다. 5성급의 서비스를 기대한 고객은, 과연 자신에게 5성급 대우를 할까.

나는 말에 예민하다. 어릴 때는 그 예민함이 까칠함으로 표현되기도 했다. 세상에는 왜 그렇게 무례한 사람이 많고, 못된 사람이 많을까. 나는 스스로를 보호한답시고 날을 세웠다. 무례한 사람이 있으면 불쾌감을 드러냈고, 불친절하면 서비스 정신이 없는 곳이라고 여겨 따졌다. 고객의 당연한 권리라고 여겼다. 그러나 착각이었다. 그것은 세상에 대한 분풀이였다. 타인이 마음에 들지 않는 게 아니라 나 자신이 마음에 들지 않는 것이었다. 남을 할퀴는 말은 곧 나를 할퀴는 말이다. 나를 사랑하지 않았기 때문에 남을 사랑하지 않았다.

"타인을 대하는 태도가 곧 나를 대하는 태도다." 이 문장을 보고 나는 깊이 반성했다. 인간에 대해 옳고 그르고를 논할 자격이 있는가. 단편적인 모습만으로 잘잘못을 가릴 수 있는가. 나는 이해받기를 바라면서, 그에게 무슨 사정이 있는지 알려고 한 적이 있는가. 다른 사람이 나를 대하는 태도가 중요한 게 아니다. 내가 나를 어떻게 대하느냐가 중요하다. 무례한 사람은 내가 무례하다고 여긴 것이다. 그가 기분이 나빠도 내 기분까지 해칠 수 없다. 무례하거나 불친절한 사람은 일부러 나한테 피해를 주기 위해서 그러는 게 아니다. 나와는 무관하다. 내가 영향을 받지 않기로 선택하면 나에게 아무런 영향을 주지 못한다. 나와 타인을 분리하면 동요하지 않는다.

한번은 한라산에 오르다가 "짜증 나"라는 말이 나왔다. 주변에 아무도 없었다. 누가 산에 가라고 등을 떠민 것도 아니고, 내 발로 간 것이다. 그런데 짜증 난다니. 그 말이 얼마나 습관이었으면 혼자서도 짜증 난다고 말할까. 짜증 난다는 말을 들으니까 더 짜증 났다. 나는 그날부로 짜증 난다는 말을 끊었다. 그동안 산에 같이 다닌 친구에게, 평지에서도 짜증 난다는 말을 자주 들었을 헤어진 연인에게 미안하고 고마웠다. 차에서도 욕설을 뱉으면 상대방 운전자에게는 들리지 않는다. 차 안에 있는 나 또는 같이 탄 가족, 친구가 듣는다. 내가 사랑하는 사람에게 욕하는 것과 무엇이 다른가. 이제 나는 화가 나면 입을 다물고 숨을 뱉는다. 그러면 화가 사르르 빠져나간다.

나는 다정한 세상을 원한다. 그래서 나부터 다정해지기로 했다. 타인에게 그리고 나에게. 아침마다 거울에 비친 나를 보고 미소를 짓고, 머리끝부터 발끝까지 바라보고 예뻐한다. 사랑하는 사람을 보듯이 다정한 시선으로 나를 대한다. 그랬더니 세상이 달라졌다. 길에서 나한테 말을 거는 사람이 정말 많아졌다. 여의도에 있으면 여의도역 3번 출구로 가는 길을 묻는다. 공항에서 보안 검색 대기 줄이 길면 무슨 상황이냐고 이유를 묻는다. 나도 줄을 서고 있을 뿐인데. 남산에서 내려오면 명동역을 어떻게 가는지 외국인이 묻는다. 해외에서도 외국인은 버스를 어디서 타는지 묻는다. 예전에도 이런 사람들이 있었을 텐데, 내가 다정해지기로 한 순간부터 표정이 부드러워진 걸까.

데이비드 브룩스는 《사람을 안다는 것》에서 말했다. "사람들이 모여 있는 공간으로 들어갈 때, 어떤 사람은 누구라도 안아줄 것 같은 따뜻한 표정을 하고, 어떤 사람은 마음의 문을 냉담하게 닫아버린 표정을 한다. 또 어떤 사람은 너그럽고 애정이 담긴 눈으로 다른 사람을 바라보고, 어떤 사람은 격식을 차리지만 차가운 시선으로 일관한다. 그 시선, 그 첫 번째 눈길은 세상을 향한 그 사람의 태도를 드러낸다. 아름다움을 추구하는 사람은 경이로움을 발견할 가능성이 높고, 위협을 탐색하는 사람은 위험을 발견하게 마련이다." 나는 경이로움을 발견하고 싶다. 세상의 아름다움을 찬미하고, 존재하는 모든 것에 사랑을 주고 싶다. 그는 또 말했다. "세월이 흐르면서, 나는 사람들과 동떨어져 사는 것은 인생에서 이탈한 것과 같고 이 이탈은 곧 다른 사람들이 아닌 자기 자신과 소원해지는 것임을 깨달았다."

나는 이 글을 보고, 비슷한 깨달음을 얻은 날이 떠올랐다. 프라하 숙소에 있을 때다. 세탁 세제가 없었다. 관리인이 세제를 들고 왔다. 그는 내게 혼자 왔는지, 글은 잘 써지는지 물었다. 그러고는 비어 있는 벽을 가리키면서 그림을 걸어도 되냐고 했다. 지난번 게스트가 그림을 망가뜨려서 새로 걸면 예쁠 거라면서. "2분이면 돼요." 대화는 더 길어졌다.

영어로 대화하다가 그는 답답했는지 번역기를 열어 모국어로 질문했다. 그런데 체코어가 아니다. "러시아인이에요?" 그는 우크라이나인이고, 2015년에 프라하로 이민을 왔다고 했다. 이곳에는 우크라이나와 러시아의 전쟁으로 우크라이나 난민이 많이 살고 있다고 했다. 뉴스에서 보던 전쟁을 겪은 인물을 눈앞에서 만났다. 나는 순간 굳었고, 그는 해맑게 웃으면서 말을 이었다. "체코에서도 당신의 책을 볼 수 있나요?" 《대화의 정석》은 러시아어로 출간되지만, 왠지 말할 수 없었다. 아직 전쟁은 끝나지 않았다. 당신의 조국을 침략한 그 나라에, 그 나라 말로 내 책이 나온다고 말할 수 없었다.

러시아 사람이냐고 물어서 미안했다. 마치 일본이 우리나라를 침략했을 때 나한테 일본인이냐고 물은 것과 다르지 않다. 어느 나라 사람이냐고 물었다면 나았을까. 아니다. 근본적으로 내 무지와 이기심이 문제다. 책을 쓸 생각뿐 그 외에 궁금한 게 없었다. 이곳에 어떤 사람이 사는지, 어떤 이야기가 있는지 알려고 하지 않았다. 관리인이 계속 말을 걸어서 조금 귀찮기도 했다. 이런 마음은 타인을 알고 싶지 않다는 것과 다름없다. 길어지는 우크라이나 전쟁 뉴스를 보고 안타까워했으면서. 나는 진심으로 안타까웠던 게 맞나. 비극 앞에서 나와는 무관하다고 안도한 게 아닐까. 나의 차가움에 간담이 서늘했다.

나를 중심으로 사고하고 판단한다. 내가 그러기를 원하지 않아도 자동으로 세팅된 것처럼 무의식에서 일어난다. 엊그제 블타바강을 달리는데 앞에서 걸어오는 남성이 손을 올리면서 코를 막자 나한테 무슨 냄새가 나나 싶었다. 그는 재채기를 하더니 휴지를 꺼내 코를 풀었다. 내가 얼마나 자기중심적으로 세상의 모든 것을 판단하는지 놀랐다. 이런 시선이 자신에게 집중할 때는 도움을 주지만, 자칫 타인에 대한 무관심으로 흐를 수 있다는 것을 나는 경험으로 안다. 내가 경계하고 싶은 점이다.

우리는 각자의 세상에 산다. 나는 지하철역에서 같은 지하철을 기다리는 수많은 사람을 보면서 생각했다. 우리는 얼마나 다른 세계에 있는가. 같은 곳에 있지만, 목적지는 저마다 다르다. 그들이 어디로 가는지, 무엇을 향해 가는지 모른다. 그저 잠깐 같은 지하철에 함께 탈 뿐이다. 나는 그때 알았다. 우리는 단지 지구라는 플랫폼을 공유하고 있다는 것을. 그 순간 내 옆에 있는 모든 사람이 나와 같은 시기에 지구에서 지낸다는 걸 알았고, 언젠가 이 모든 게 사라진다는 생각에 이르렀다. 우연히 함께하는 찰나는 기적이 아닐까. 그렇다면 지금 우리는 서로를 더 반갑게, 더 사랑스럽게 환대하는 시선으로 바라봐야 하지 않을까.

나는 대화가 하고 싶어졌다. 우크라이나 관리인과의 짧은 대화로 보이지 않던 삶이 보였다. 더 많은 사람과 대화하면서 세상을 알기를 원한다. 각 나라의 언어를 전부 구사하고 싶다는 마음까지 들었다. 함께 살아가는 사람들의 세상을 알고 싶다. 그들의 세상은 어떤 이야기가 담겨 있는지 듣고 싶다. 그러기 위해 나는 좀 더 시야를 넓히기로 한다. 환하고 따뜻한 시선으로 사람들을 바라봐야지.

05

삶,
그 자체로 이미
완성된 사랑

사는 동안 내 인생을 가장 사랑하기로 했다.
무엇을 선택하고 어떻게 살 것인지에 따라 삶은 달라진다.
삶을 사랑하기 위해 행복하게 살기로 했다.

멋지게 살아요

'별일이 일어나지 않으면 이러다 계속해서 살겠는데?' 나이를 어떻게 먹고 싶은지 생각했다. 내가 멋지다고 생각한 나이 있는 사람은 도전하는 사람이다. 호놀룰루 마라톤에 참가했을 때 최고령 참가자는 아흔네 살 여성이었다. 그 나이에도 42.195킬로미터를 달릴 수 있구나. 내가 계속 산다면 나도 태평양을 바라보면서 마라톤 결승선을 향해 뛰어 들어오고 싶다. 지금의 내가 결승선에서 응원하는 모습을 상상하면서. 너, 내가 여태 살아서 이렇게 들어올 줄 상상도 못 했지? 근데 나는 알고 있었어. 나는 너니까. 시간이 지나야 아는 게 있어. 두 팔을 들어 올리고 크게 환호성을 지를 테다. 내가 해냈다!

제주도의 여든여덟 살 해녀도 멋있었다. 해녀의 부엌은 해녀가 아침에 채취한 해산물로 요리한 제주 음식을 뷔페 식으로 차린다. 해녀에 관한 연극도 하는데, 주인공인 실제 해녀가 나와서 이야기를 들려줬다.

해녀들은 아기를 업고 바다에 나와서 안전 장비 하나 없이 바닷속으로 들어갔다. 불을 피워놓은 난롯가에 아기를 두고, 돌아가면서 아기들을 돌봤다. 식구들을 먹여 살리기 위해 한겨울에도 차가운 바다로 뛰어든 것이다. 산소통 없이 무호흡으로 깊은 바다까지 내려갈 수 있는 해녀는 드물다. 이 여성은 그 드문 해녀다.

우리 할머니는 아파서 가끔은 자신이 어디에 있는지도 몰랐다. 그래도 나를 알아봤다. "수야, 왔나." 할머니는 내가 서울로 돌아가는 날 조용히 내게 다가왔다. 쿠킹 포일로 싸서 배에 감춰둔 돈뭉치를 꺼내 구겨진 1만 원짜리 지폐 한 장을 내 손에 쥐여줬다. 나는 차에 타서 주먹 쥔 손을 흔들었고, 할머니는 두 손으로 내 주먹을 한 번 더 감쌌다. 멀어지는 차를 바라보면서 할머니는 그 자리에서 내내 손을 흔들었다. 해녀 여성은 눈빛도 초롱초롱하고, 관객들과 대화도 잘한다. 허리도 다리도 꼿꼿하다. 옆에 있던 어머니도 할머니가 떠오르나 보다. "저 할머니는 정정하시네. 우리 어머니는 구부정해서 꼬부랑 할머니인데."

할머니는 내 생일에 돌아가셨다. 나는 해외에 있는 바람에 할머니의 장례식에 참석하지 못했다. 언젠가 나는 어머니, 이모와 함께 뚝방을 걷고 있었다. 이모가 말했다. "엄마 돌아가시면 우리는 고아다." 엄마를 잃은 엄마의 슬픔은 어떨까. 나는 슬픔의 크기가 짐작도 안 돼서, 어머니 곁에 있어주지 못해서 펑펑 울었다.

사람들은 내 생일이라고 축하 전화와 메시지를 보냈다. 울다가 웃다가 감정의 격동을 겪었다. 할머니는 이제 하늘에서 평안할 거라고 믿는 수밖에. 나는 바다로 달려가서 하늘을 올려다보고 목놓아 울면서 할머니에게 작별 인사를 했다. "할머니, 엄마를 낳아주셔서, 항상 저를 안아주셔서, 사랑해주셔서 감사해요. 사랑해요, 할머니."

송종윤 산요가 원장님도 멋지다. 내가 본 가장 유연한 육십 대다. 원장님은 요가 수업이 끝날 때마다 핸드스탠딩을 한다. 두 손을 바닥에 짚고 몸을 세운다. 나는 코어에 힘이 없어서 팔이 부들거린다. 엉덩이가 너무 무거워 올라가지 않는다. 원장님은 가볍게 몸을 거꾸로 세운다. 우타나아사나, 상체를 숙이면서 가슴을 허벅지에 붙이라고 하는데, 나는 인간에게 그 자세가 가능한가 하고 의문을 갖는다. 원장님은 보란 듯이 폴더처럼 몸을 반으로 접는다. 나의 햄스트링은 비명을 지르고, 나는 원장님을 감탄의 눈으로 쳐다본다.

원장님의 눈빛은 이글거린다. 수련생들의 자세를 한눈에 분석하고 일일이 잡아주면서 힘 있게 수업을 이끈다. 원장님은 요가를 수련한 지 14년째다. 사십 대 때 히말라야에 갔다가 허리가 아파서 요가를 시작했다고 한다. 어릴 때 교통사고로 다쳐 골반이 비뚤어졌는데, 그게 통증을 유발하는 원인이었다. 요가를 하지 않으면 허리가 아파서 하루도 거르지 않고 요가를 한다. 그렇게 자격증도

따고, 딸이 강원도 바다에서 서핑하는 걸 좋아해서 따라 왔다가 속초에 요가원을 차렸다. 원장님은 여전히 수련을 이어가는데, 2년째 매일 새벽 6시와 밤 9시에 온라인 요가 수업을 듣는다. 원장님의 선생님은 뉴욕에서 수업을 열고, 원장님은 속초에서 그 수업을 듣는다. 온라인 교육이 원장님을 더 단단하고 멋지게 만들어준다니 좋다.

방문송 와인비전아카데미 원장님도 멋지다. 육십 대다. 원장님은 강연을 자주 해서 말을 잘하고 싶어서 나를 찾아왔다. 호주와 이탈리아, 프랑스 등 세계 와인 산지를 돌면서 와인을 시음하고, 국내에 들여온다. 우리나라 최초의 와인 자격 시험관이자 세계적인 와인 평가 대회에서 심사 위원으로 활동한다. 기품 있고, 활력 있다. 집에서 아카데미까지 매일 15분 거리를 걸어서 출퇴근한다. 웬만하면 걸어다니고, 필요한 게 있으면 바로 추진한다. 빠르고 절도 있고 우아하다.

원장님은 사십 대에 와인 유학길에 올랐다. 호주에서 공부했고, 한국에 들어와서 와인을 알리는 데 일조한다. 나는 술 중에서도 와인이 제일 안 맞는다. 한 잔만 마셔도 얼굴이 빨개지고, 심장이 벌렁거리고, 난리가 난다. 그래서 와인을 잘 몰랐는데, 원장님 덕분에 와인의 세계를 알게 됐다. "와인 한 병에 포도나무 한 그루가 들어가요. 포도나무가 와인으로 만들어질 때까지 자라려면 적어도 10년이 걸려요. 그 세월 동안 농부의 정성이 들어가죠."

"유명 와인 산지는 와인을 생산하면 세계 각국의 저와 같은 심사 위원을 초대하는데요. 다 와인을 잘 마시진 않아요. 와인을 테이스팅하면서 맛과 향을 느낀 뒤 삼키는 사람도 있지만, 뱉는 사람도 많아요. 그것만 봐도 새내기인지 실력자인지 알 수 있어요. 더럽게 뱉는 사람이 많아요. 새내기들이죠." "원장님은요?" "나는 한 줄로 찍 뱉죠. 깔끔하게." 와인 뱉기가 예술의 경지로 그려졌다. 이제 와인을 보면 농부의 정성이 떠오른다.

나는 멋지게 나이 들고 싶다. 세계를 유랑하고 새로운 체험을 하고 그 안에서 깨달은 것으로 삶을 넓히고 싶다. 아무리 생각해도 내가 바라는 건 이것뿐이다. 산다면 타인과 연결되고 싶고, 그 방법이 글이면 좋겠다. 독자에게 내가 먼저 본 것을 정제한 언어로 전달하고 싶다. 그러니까 지금 내 모습 그대로 나이 들고 싶다. 삶의 우선순위가 뚜렷하고, 사랑하는 사람들이 곁에 있다.

숨을 받쳐 몰두하는 일이 있다. 책과 글과 오늘 하루에 강렬한 무엇을 느낀다. 나는 이것을 사랑이라고 부르고 싶다. 사랑을 지속할 수 있다면 더 살고 싶다. 세상에 좋아하는 것들이 늘어날수록 살고 싶은 의욕도 늘어난다. 토니 부잔과 레이먼드 킨의 《당신의 뇌는 나이 들지 않는다》를 보면 미켈란젤로는 예순세 살에 로마의 성 베드로 대성당 돔 공사를 시작해 여든아홉 살에 완공했다. 괴테는 60년간 《파우스트》 집필에 헌신하다가 숨지기 직전인 여든세 살에 완성해 마지막 대작을 남겼다. 나는 이 글을 읽고 가슴이 뛰었다. 그렇다면 나도! 지금부터 쓰는 사람으로 살아간다면 20년, 30년, 40년 뒤에는 얼마나 멋진 작품을 낼까. 악! 심장이 요동을 쳐서 오른손으로 붙잡았다. 이 책은 성공적인 나이 듦을 위해 다음과 같은 일을 시도해보라고 조언한다.

"지금껏 안 했던 유산소 운동을 시작한다. 건강과 체력을 증진하기 위해 몸에 해로운 식단을 바꾸거나 개선

한다. 담배를 끊고 과음을 중단한다. 기억력을 개발하거나 도전적인 새로운 정신 훈련을 시작한다. 체스, 바둑, 마인드 매핑과 같은 마인드 스포츠를 즐겨한다. 수영, 저글링, 무술을 배운다." 나는 곧장 체스를 시작했다. 컴퓨터와 체스 경기를 하고 친구와도 한다. 뇌가 계속 발달한다니! 무척 반가운 소리다.

나는 시간이 나면, 아니 시간을 내서 여행을 다닌다. 나이가 들면서 제일 좋은 점은 경제적인 안정이 따르는 것이다. 어릴 땐 시간은 많은데 돈이 없고, 나이가 들면 돈은 많은데 시간이 없다는 말이 있다. 나이 들면 돈도 많고 시간도 많으면 얼마나 좋을까.

돈은 여행을 가든 가지 않든 벌 수 있는 장치를 마련한다. 나는 자본주의 사회에서 물질은 행복한 삶을 위해 필요한 수단이라고 여긴다. 작사 저작권, 책 인세, 온라인 클래스 수익금이 들어오면서 노동 외에도 돈을 벌 수 있는 수단이 있다는 걸 알았다. 그렇다고 돈을 위해 일한 적은 없다. 내가 진짜 원하는 일이기 때문에 했고, 그 일을 할 때는 순수한 즐거움으로 지칠 줄 모르고 했다.

일은 하다 보면 시대에 맞게 여러 갈래로 자연스레 뻗어나간다. 분야가 무엇이든 빛이 나면 세상이 그 빛에 이끌려 찾아와 이것저것 제안한다. 내 경우도 그렇다. 내가 쓴 시를 보고 작사 제안이 왔고, 내 유튜브 덕분에 기업에서 강연을 시작했고, 내 틱톡을 본 온라인 클래스 플랫폼에서 협업을 제안했고, 온라인 클래스가 책 출간으로 이어졌고, 그 책으로 방송 출연까지 했다. 이 모든 게 연속적이고 광범위하게 연결돼 있다. 제안은 계속 잇따른다. 이 흐름 안에서 나는 행복하게 사는 방법을 진중하게 나누고 있을 뿐이다.

여행지에서도 생산 활동을 병행한다. 집중적으로 글을 쓴다. 완전히 글만 쓸 수 있는 시간은 나에게 가장 즐거운 시간이다. 책을 위한 글을 쓰고, 쉴 때는 현지에서 보고 듣고 깨달은 것을 기록하고, 오늘 나의 하루를 남기는 일기를 쓴다. 생산적인 활동을 한다면 여행은 투자다. 수익을 창출하기 위한 출장이다. 그리고 나이가 들면서 몸이 변하기 때문에 (아무리 뇌는 나이 들지 않는다고 해도) 여행할 수 있는 나라와 스타일은 달라질 것이다.

나는 그 나이에 할 수 있는 여행을 한다. 젊을 때는 걸어야 하는 곳, 캐리어를 끌기 불편한 곳, 비행기를 장시간 타거나 여러 번 갈아타서 가는 먼 곳, 시설이 열악하고 자연과 가까운 곳을 실컷 둘러보고 싶다. 나이가 들고 나서는 더 안락하고 편안한 곳에서 쉬면 좋겠다. 이 글을 이탈리아 타오르미나에서 쓰면서 느긋하게 여행하는 유럽인 가족을 자주 봤다. 나도 그들처럼 차분하게 걸으면서 상점을 구경하는 날이 올까. 그때는 '이곳에서 참 많이 뛰어다녔지' 하고 회상하겠지. 느긋하고 풍족하고 인자한 표정을 짓는 훗날의 나를 상상해본다.

사랑하는 사람과
사랑하며 살기

사랑하는 사람들에 대해 이야기하고 싶다. 가장 좋아하는 친구는 진영이다. 멀리 떨어져 있을 때도, 가까이 있을 때도 제일 자주 연락하는 친구다. "모하니, 지뇽이." 대학교에서 만나 보자마자 좋아했다. 우리는 수십 년이 지난 옛날이야기를 어제 일처럼 밥 먹듯이 하는데, 할 때마다 자지러지게 웃는다. 나는 진영이가 세상에서 제일 웃기다. 함께 겪은 우습고 비루하고 궁상맞은 일이 많았고, 힘든 시기에 곁에 있었다. 어떤 말로 위로하기보다 존재 자체가 힘이다. 나는 시궁창에서 빠져나오면 진영이에게 간다. 그리고 암흑 같은 진흙밭을 통과했다고 털어놓는다. 그러면 진영이는 전적으로 내 편에 선다. 나보다 더 화를 내고, 욕을 해줘서 비로소 웃음이 나온다.

우리는 거의 모든 게 다르다. 나는 세계를 돌아다니고, 진영이는 집 근처를 돌아다닌다. 진영이는 나에게 어떻게 그렇게 돌아다닐 수 있는지 묻고, 나는 진영이에게 어떻게 그렇게 가만히 있을 수 있는지 묻는다. 그런 진영이는 내가 먼 길을 떠날 때 마음이 쓰인다면서 우리 집에 와서 잔다. 글 쓰면서 늘어난 옷이나 운동복만 입지 말고, 가끔 콧바람도 쐬러 가라면서 예쁜 옷을 챙겨준다. 공항에서 손을 흔들어주는 진영이를 떠올리면, 이국에서도 씩씩하게 지낼 수 있다. 나에게는 이런 친구가 있다! 나는 진영이에게 딱 하나만 바란다. 아프지 말고 오래 살기를. 너 없는 세상은 너무 끔찍하니까.

하와이에 있을 때는 전주에 사는 복음이와 통화했다. 내가 하와이에서 글을 쓰면서 달린다니까 유부녀로서 조언한다면서 목소리를 낮게 깔았다. "언니, 같은 시간에 같은 장소를 달려요. 누구 하나라도 걸리게." 어찌나 웃었는지. 이걸 조언이랍시고 한단 말인가. 그런데 어이없게도 다음 날부터 나는 달리면서 누구 하나라도 걸리려나 두리번거렸다. 복음이는 하얀데, 속은 두부처럼 더 하얗다. 아나운서의 꿈을 안고 서울로 왔다가 고향인 전주가 너무 좋아서 돌아가 살고 있다. 그때부터 나는 복음이를 보러 전주에 간다. 내가 전주에 간다는 것은 복음이를 본다는 것. 예외는 없다. 복음이 아이들도 엄마를 닮아 두부같이 말랑하고 귀엽다. 전주에는 친구도 있고, 아이들도 있고, 맛있는 것도 있어서 서울로 돌아오는 길은 늘 배가 부르다.

동해에 사는 성윤이도 있다. 태백에서 강연 요청이 왔을 때 성윤이를 보기 위해 갔다. 성윤이가 결혼한 날, 나는 사회자였다. 성윤이 아버지가 내게 어머니가 쓴 편지를 대신 읽어달라고 했다. 나는 눈물이 날까 봐 거절하고, 아버지를 부르려고 했는데, 예식장 직원이 갑작스러운 순서 변경은 안 된다면서 편지를 생략하라고 했다. 나는 어쩔 수 없이 낭독을 했다. "딸아." 첫마디부터 울었다. 눈물

콧물 범벅으로 낭독을 마쳤고, 고개를 드니까 모두 울고 있었다. 얼마 전 성윤이가 우리 집에 놀러 왔다. 나는 너를 통해 사랑은 노력이 필요하다는 것을 배웠다고 했다. 남편과 장거리 연애를 하는 모습을 보면서 사랑을 유지하는 게 어떻게 가능한지 물었을 때 너는 말했다. 노력하고 있다고. 지금 나는 사랑하는 사람을 위해 노력한다. 내 사랑에 너의 사랑이 영향을 미쳤다.

제주에는 소영이가 있다. 두 해에 걸쳐 설날에 소영이네 가족과 밥을 먹었다. 책을 쓰느라 제주에 고립해 있을 때였다. 명절에 가족이 아닌 집에서 식사하는 건 처음이었다. 소영이 어머니는 집필하면서 먹으라고 내가 잘 먹은 녹두전과 귤을 싸줬다. 소영이는 설악산에서 남편에게 첫눈에 반해 결혼했다. 사이 좋은 이 부부가 얼마 전 운전 연수를 하다가 다퉜단다. 우리는 마당에 있는 아버지 차를 끌고 도로 연수에 나섰다. 소영이는 운전대를 꽉 쥔 채 이리저리 움직였다. 남편은 뒷자리에 앉아 불안해했다. 나는 조수석에 앉아 운전 연수 선생님으로 분했다. "부딪혀도 괜찮아요. 아버지가 해결하실 거예요. 잘하고 있어요." 소영이는 서서히 긴장이 풀렸고, 4차선 도로까지 나가 무사히 집에 돌아왔다. 나는 녹두전을 손난로 삼아 안고 숙소에 돌아왔는데, 소영이에게 메시지가 왔다. 남편과 드라이브를 나갔다가 40분 거리를 운전해서 왔다고. 귀여운 커플이다. 내가 사랑하는 사람이, 사랑하는 사람들에게 사랑받는 모습을 보는 건 기분 좋은 일이다.

사촌 오빠들은 나를 친동생처럼 챙긴다. 큰오빠는 "밥은 먹었어?"라며 경상도 사투리를 쓰면서 안 쓰는 사람처럼 말한다. 전화를 처음 받을 때, 끝인사 할 때 꼭 그런다. "응, 잘 있어. 오빠 또 전화할게." 별다른 날이 아닐 때도 전화를 걸어 안부를 묻는다. 전화를 끊고서야 다음에는 내가 먼저 연락해야지 마음먹지만, 매번 큰오빠가 빠르다. 작은오빠는 대구에 산다. 한번은 작은오빠가 발을 다쳐서 병문안을 갔다. 목발을 내려놓고 앉아 한참 대화를 나누고 집에 돌아가는데 메시지가 왔다. 위에서 나를 찍은 사진이었다. 위를 보니까, 작은오빠가 창문 밖으로 상반신을 내밀고 손을 흔들고 있었다. 그 장면을 떠올리면 지금도 마음이 푸근해진다.

사촌 오빠들의 사랑은 이모의 사랑에서 왔을 것이다. 이모는 통화하면서 말했다. "우리 수야, 잘 지내고 있어? 네가 좋으면 됐다." 내가 평생 듣고 싶은 말이었다. 네가 좋으면 됐다. 이모는 어머니의 하나뿐인 여동생이다. 어릴 때 서울에 있는 우리 집에 놀러온 이모가 돌아가는 날이면 나는 너무 슬퍼서 우느라 화장실에서 못 나갈 정도로, 이모를 사랑한다. 사촌 오빠들은 이모가 무서운 적도 있었다는데, 나는 조카라서 그런지 사랑만 받는다. 이모가 한번은 아픈 적이 있었는데, 그 모습을 바라보는 이모부의 걱정 가득한 얼굴을 보면서 나는 간절히 기도했다. "사랑하는 사람을, 사랑하는 사람들 곁에 있도록 지켜주세요." 내가 경상도에 강의하러 가는 건 이모네 식구를 만나기 위해서다. 이모부는 말했다. "내려오면 호텔에서 자지 말고 우리 집에서 자라. 여기도 네 집이다." 경상도는 따뜻한 동네지만, 이모네가 있어 더욱 따뜻한 지역이다.

나는 친오빠가 있다. 그래서 '오빠'라는 단어는 나에게 대명사가 아닌 고유명사다. 우리 오빠를 일컫는 하나뿐인 낱말. 오빠와 나는 성인이 돼서 친해졌다. 눈을 맞추고, 제대로 된 대화를 하면서부터 관계가 성숙해지고 있다. 어릴 때는 다툰 적도, 서운한 적도 많았지만, 존재만으로 든든할 때도 있었다. 그럴 때는 세상 무엇보다 가장 귀한 존재였다. 혈육이라는 이유, 같은 부모 밑에 태어나 한집에서 수십 년을 같이 자랐다는 이유만으로 우리 남매는 동일한 무엇을 함께 겪고 간직한다. 말로 설명하지 않아도 이 세상에서 유일하게 오빠가 안다.

우리 오빠는 농구를 뛰어나게 잘한다. 어릴 때부터 오빠는 매일 농구를 했는데, 나는 한 번도 구경한 적이 없었다. 대학생 때 처음 오빠 경기를 본 날, 경기장을 누비면서 공에 집중하는 오빠의 눈빛에 놀랐다. 우리 오빠가 이렇게 멋진 사람이구나. 자랑스러웠다. 며칠 전 오빠 생일이었다. 나는 오빠에게 처음으로 고백했다. "오빠가 내 오빠라서 정말 좋아. 사랑해." 다음에 만나면 손도 잡고 안아줘야지.

오빠가 결혼한다고 새언니를 소개한 날, 사랑하는 오빠가 사랑하는 사람이라서 사랑하는 마음이 들었다. 새언니는 연애하면서 공부하는 오빠를 위해 도시락도 싸서 주고 농구장에도 따라 다니면서 오빠에게 사랑을 듬뿍 줬다. 정도 많고, 눈물도 많고, 사랑도 많은 사람이다. 그 사랑으로 오빠의 거칠었던 면을 매만졌다. 낯선 사람이 가족이 된다는 것은 희한하고, 대단한 사건이라는 것을 오빠 부부를 통해 알았다. 하나의 세계와 또 하나의 세계가 만날 때 일어나는 부딪힘과 조화, 그 결합이 창조하는 또 하나의 세계는 사랑으로 건설된다. 그리고 조카 리나가 태어났다.

리나는 내가 엎드려서 턱을 괴고 TV를 보면 내 옆에 와서 똑같은 자세로 TV를 봤다. 고모인 나를 언니라고 부르기도 하고, 일하는 내 옆에 앉아 있다가 직원처럼 내 일을 거들기도 했다. 고작 일곱 살이었다! 리나와 둘이서 산에 간 적이 있다. 내 옆자리에 그렇게 작은 사람이 탄 것은 처음이었다. 리나의 작은 걸음에 맞춰 산을 오르면서 너에게 이 땅은 얼마나 가깝고 크게 보일지 궁금했다.

초등학생이 된 리나는 말을 잘한다. 리나와의 대화는 늘 신선하다. 여러 번 반장 선거에 나갔는데, 최근에 나간 선거에서 두 표를 받았다고 했다. 반장으로 뽑힌 애는 일곱 표를 받았다. 나는 리나가 상처받진 않았을까 살짝 염려했는데, 목소리가 아무렇지도 않아서 멋졌다. 농구 대회에 나가고, 달리기가 반에서 제일 빠르고, 키도 제일 크다고 했다. 담담한 목소리로 말하는데, 또 멋졌다. 테일러 스위프트가 공연하는 모습을, 입을 떡 벌린 채 초롱초롱한 눈으로 보는 너를 보는 게 나는 좋았다. 너는 또 무엇에 반할까. 며칠 전 너는, 우리가 작년에 함께 제주도에서 머문 숙소에서 나랑 통화했는데, 내가 준 뚤뚤이 인형은 기억하면서, 우리가 함께 그 숙소에 갔던 것은 기억이 안 난다고 했다. 아주 해맑게. 어쩜 그렇게 빨리 잊을 수 있는지! 어린이의 머릿속이란. 너의 하루는 어떨까. 나는 너와 연결되는 순간이 신비롭다.

오빠가 얼마 전에 물었다. "엄마 아빠가 너를 정말 사랑한다고 느낀 적이 있어?" 어머니가 웃는 모습이 떠올랐다. 방콕에서 함께 관람 열차를 탔을 때다. 나는 놀이 기구를 타고 하늘로 올라가 방콕 풍경을 내려다보는 게 신났는데, 어머니는 무서워서 벌벌 떨었다. 그 모습이 귀여웠다. 예전에 누가 나에게 어머니가 어떤 분인지 물었다.

"우리 엄마는 귀여워요." "귀여워하는 건 사랑하는 건데, 어머니를 많이 사랑하나 봐요." 한강에서 유람선을 탈 때도 어머니는 아이처럼 시원해하면서 바람을 만끽했다. 나는 그런 어머니를 보는 게 좋았다. 어머니를 더 웃게 해주고 싶었다.

어머니가 제일 멋있던 날이 있다. 내 등산 바지를 사러 가서 나는 탈의실에서 옷을 갈아입고 나왔다. 직원은 바지가 잘 맞는다고 하고, 어머니는 한 치수 큰 것을 입으라고 했다. 엉덩이가 딱 붙는다고. 직원이 요즘은 이게 유행이라고 말하자 어머니는 단호하게 말했다. "내 딸은 내가 제일 잘 알아요." 잘 안다는 것이, 사랑의 또 다른 표현이라는 것을 나는 어머니에게 배웠다.

아버지와는 드라이브를 자주 했다. "이 도로는 올림픽대로야. 저 다리는 성산대교야." 아버지가 세상을 설명해줬다. 나는 그런 아버지 옆에서 이야기를 듣는 게 행복했다. 아버지의 목소리를 들을 때면 나의 머릿속에서 하얀 도화지에 그림을 그리고 색칠하는 기분이 들었다. 무엇이든지 물어보면 답을 알려주는 박식한 아버지다. 아버지는 내가 학교에 갈 때도, 아르바이트를 하러 갈 때도 차로 태워줬다. 내가 회사에 갈 때는 아버지가 미리 내 차를 주차장에서 꺼내 현관 앞에 세워뒀고, 겨울에는 난방을 틀어서 출근길을 온기로 채워줬다.

기어를 능숙하게 바꾸면서 운전하는 아버지를 동경하던 나는 열아홉 살이 되자마자 1종 보통 면허를 땄다. 나는 운전을 하면서 세상을 누비는데, 그럴 때면 나에게서 아버지의 모습을 발견한다. 세상에 대한 호기심과 사람에 대한 관심은 아버지에게 물려받은 것이다. 매일 새벽 4시면 일어나 신문을 읽고 운동을 하는 아버지를 보면서 자란 나는, 어느새 아버지처럼 성실하고 건강한 삶을 꾸려가고 있다. 나는 아버지를 닮고 싶었다.

우리 부녀는 어릴 때부터 산에 자주 갔다. 내가 힘들어하면 아버지는 굵은 나뭇가지를 막대기로 만들어 내밀었다. 나는 그 막대기를 잡고 편안하게 올라갔다. 그것도 힘들어하면 아버지는 두 손으로 내 등을 밀어줬다. 그렇게 올라간 정상에서 본 풍경은 기가 막혔다. 나는 아버지가 내민 막대기처럼, 아버지의 두 손처럼, 누군가를 돕고 싶다는 마음이 들었다. 도움을 주는 것은 멋진 일이라는 걸 아버지를 통해 깨달았다.

사랑하는 것들이 가득하다. 유한한 시간에 무한한 사랑을 느낀다. 마음에 사랑이 차오른다. 주먹을 꽉 움켜쥐어 본다. 사랑이 새어 나가지 않도록. 잡히지 않지만 존재하는 것. 사랑이 언제 이만큼 꽉 찼을까. 손가락 사이로 넘쳐흐른다. 사랑이 닿지 않은 곳까지 내 사랑을 주고 싶다. 사랑은 무엇일까. 사랑은 어떤 거대한 힘을 지녔기에 이토록 눈부신 세상을 보여주는가.

인생에 중요한 건 오직 사랑뿐이다. 나는 어릴 때부터 줄곧 생각해왔다. 사랑을 더 많이 표현해야지. 나의 마지막은 사랑을 공부하겠구나. 그 사랑을 나누고 이야기하겠구나. 사랑을 이야기했더니 구름마저 하트 모양으로 보인다. 사랑이 가득한 날, 사랑이 넘치는 미래를 내다본다.

나는 재미있게
살기로 했다

　해운대 모래사장에 앉아 비스와바 쉼보르스카의 시 〈두 번은 없다〉를 읽었다. 나는 소리 내어 말했다. "두 번은 없다. 두 번은 없다." 생의 찬란함이 눈부셨다. 그 바다에 간 건 속상한 마음을 파도에 털어내고 싶어서였다.

　두 번은 없는 인생, 나는 재미있게 살기로 했다. 세상의 기준 말고 내 기준대로 재미있는 삶을 추구한다. 당연하게도 재미있는 삶이 재미없는 삶보다 억만 배는 나을 것이므로. 틀림없이 재미있는 삶이 더 행복할 것이다. 수만 명의 사람을 깊이 있게 만나는 나는 재미가 인생을 행복하게 만드는 비밀이라는 사실을 발견했다.

두 사람이 있다. 둘은 기업의 수장이다. 30년 넘게 직장을 다니고, 사랑스러운 자녀와 배우자가 있다. 높은 수준으로 외국어를 구사하고 해외 출장을 다니며 풍족한 자산을 가졌다. 그런데 이 둘은 매우 다른 표정을 짓고 다른 말을 한다. 한 사람은 고민을 달고 산다. 고위 임원으로 승진하자 미래를 걱정했다. 진작에 회사를 나갔다면 이렇게 불안하지 않았을 거라고 말했다. 다른 사람은 늘 웃는다. 회사에서 할 수 있는 것은 다했다면서 나가서도 잘할 거라고 믿는다.

다 가진 것처럼 보여도 행복하지 않은 사람은 모래알만큼 많다. 나도 그랬다. 행복한 순간 불행이 엄습할까 봐 두려웠다. 크게 행복할수록 큰 불행을 예고하는 것 같아 불안했다. 얼마나 불행하려고 이렇게 행복한 거야. 불행이 깃들지 않으려면 의미 있는 행복이어야 한다고 여겼다. 떡볶이를 먹으면 순식간에 행복해지지만, 방송을 하려면 늘씬해 보여야 했다. 협찬 옷에 내 몸을 맞췄다. 떡볶이가 주는 행복을 어리석게 여겼다. 많아야 1년에 두 번 떡볶이를 먹었다. 친구나 연인과 놀 때도 의미 있는 일을 마친 뒤에야 만났다. 일을 다 끝내지 못했는데 놀자고 하는 사람이 있으면 나를 방해하는 사람으로 취급했다. 그렇지만 인생에는 더 중요한 것이 있다.

인생의 '의미'보다 우선하는 건 '재미'다. 지금 내 삶을 이루는 것들을 돌아보면 의미가 아닌 재미에 방점이 찍혀 있다. 의미 있는 일이지만, 내게 맞지 않는 일, 재미가 없는 일이면 열정도 패기도 의욕도 상실한다. 나는 생방송에 살아 있음을 느꼈고, 뉴스는 보람이 있었다. 그러나 내 귀에 대고 욕설을 하는 피디와 회장이 보고 좋아할 뉴스를 쓰라는 상사, 뉴스를 권력의 도구로 삼는 사람을 겪으면서 보람도 의미도 재미도 잃었다.

쇼호스트로 일할 때는 다양한 상품의 존재를 알게 되고, 삶을 넓히는 기분이라 재미있었다. 해초로 만든 국수, 갓김치는 살면서 처음 먹어본 음식이다. 그러나 도무지 갖고 싶지 않은 상품도 팔아야 했다. 회의감이 들었다. 그렇게 재미있게 다니던 회사에 가는 길이 지옥에 가는 길로 전락한 건 순식간이었다. 괴롭고 숨이 막히고 절망스러웠다.

그때 비스와바 쉼보르스카의 시를 읽었다. 두 번은 없다. 어제와 같은 오늘은 없다. 오늘의 행복에 충실하면 인생은 행복할 것이다. 나는 결심했다. 불의에 타협하지 않고, 스스로 옳다고 믿는 것을 하고, 이름만 떠올려도 기분이 좋아지는 것들을 하면서 얼마나 창대해질 수 있는지 보여주리라. 누군가는 재미있는 것만 하고 살 수 없다고 했다. 하지만 한 번뿐인 인생을, 이 고귀한 인생을 아무것이나 하고 살 순 없다. 나에게는 행복한 일상이 필요하다. 나는 재미있는 일을 찾고, 재미있는 일로 광대한 성공을 하기로 했다.

재미를 좇은 나는 그동안 무엇을 이루었나. 단순히 사업을 벌이고, 말하기를 교육하고, 책을 내지 않았다. 수강생의 일과 인생, 관계를 바꿨다. 말하기 교육으로 기업과 공공기관에 제대로 소통하는 방법을 정착시키고, 자신을 돌아보게 하고, 수강생의 꿈을 이루고, 말하기 시장을 넓히고 있다. 외국인들은 한국어를 배워서 한국 문화를 세계로 확장하고 있다. 내 책은 베스트셀러가 됐고, 진중문고로 선정돼 군부대에 보급됐고, 해외로 수출해 한국 문화의 위상을 높이고 있다. 우리나라 국민의 말하기 수준을 끌어올리고 있다고 자부한다.

나에게 충실한 결과 이뤄낸 일이다. 누가 시켜서 글을 쓰고 말하기를 공부한 게 아니다. 내가 좋아서 했다. 일기를 쓰기 시작한 것도 나고, 일기장을 차곡차곡 간직한 것도 나다. 내 보물을 소중히 보관했고, 그 소중함으로 일기를 정성껏 썼다. 일기장을 다시 꺼내서 보면 마음이 평온하고 뿌듯했다. 내가 이때 이런 걸 느꼈구나. 과거와 조우하고 기뻤다. 이 모든 과정이 재미있다. 그것이 나를 작가로 만들었다.

말하기도 재미있다. 수강생과 대화를 나눴다. 딸과 아내가 벌레를 잡아달라고 전화가 왔다. 그는 출장 중이었고, 10시간 뒤에 집에 도착했다. 벌레는 그동안 종이컵 감옥에 갇혀 있었다. 벌레는 검지손가락만큼 컸다. 사실 그는 벌레가 끔찍했다. 그러나 이를 악물고 벌레를 치웠다. 그런데 아내도 딸도 그가 벌레를 무서워하는 걸 모른다.

그는 여러 가지를 숨겼다. 그 결과 가족과 대화가 깊어지지 못해 고민했다.

이 대화에서 발견한 건 가장으로서의 책임감이다. "가족에게 좋은 것만 보여주려는 게 아닐까요?" "맞아요. 가족한테는 힘든 거, 안 좋은 거는 보여주고 싶지 않아요. 한 번도 힘들단 말을 해본 적이 없어요." "솔직하게 무너지는 면도 보여줄 때 진정한 가족이 될 수 있잖아요. 세상에 누군가는 나를 알면 든든한데, 그것이 가족이면 더 좋지 않을까요?" 일상적인 이야기에서 무언가를 발견할 때 수강생과 나는 희열을 느낀다. 그 짜릿함은 말로 표현할 수 없다. 오직 그 순간에만 느껴지는 무엇이 있다. 나는 이게 무척이나 재미있다. 우리가 대화를 나누지 않는다면 대체 무엇을 알 수 있단 말인가.

인생도 재미있어야 한다. '잘 사는 것'의 정의는 사람마다 다를 것이다. 나는 재미있게 살기로 했다. 이름만 들어도 재미있는 것을 하고 살 것이다. 이를테면 젤라토를 들으면 발을 동동 구르게 되는 것같이. 생각만 해도 재미있는 것, 내 인생을 더욱 가치 있게 만들어주는 것들은 이미 곁에 있다. 사랑하는 가족과 친구, 매일 시간 가는 줄 모르고 하는 것들, 기필코 시간을 들여서 하는 것, 너에게만 특별해지는 것, 온전히 내 모습을 드러내는 것, 그것을 가능하게 해주는 것들, 나는 있는 그대로 사랑스럽다는 사실을 깨닫게 해주는 것. 재미가 알게 하는 것들이다. 한 번뿐인 인생, 한 번뿐인 오늘이다.

헤르만 헤세의 《수레바퀴 아래서》에 나온 문장이다. "별 볼 일 없는 인생이, 죽음으로 승화해 경건한 의식을 비로소 치르게 된다." 나는 사는 동안 내 인생을 경건하게 보내기로 했다. 내 삶이니까. 내 기준대로, 내 방식대로. 그래서 나는 재미있게 살기로 했다. 나는 거절할 때 말한다. "미안하지만 재미없을 것 같아서 못 하겠어요." 하고 싶은 건 이렇게 말한다. "진짜 재미있겠어요! 저 할래요." 앞으로 이렇게도 말하고 싶다. "인생은 진짜 재미있어요. 더 살래요!"

오직 네 모습 그대로의
네가 필요했다

"자, 크눌프야. 이제 그만 만족하거라. 모든 일이 선하고 바르게 이뤄져왔고, 그 어떤 것도 다르게 되어서는 안 됐다는 것을 정말 모르겠니? 난 오직 네 모습 그대로의 널 필요로 했다. 네가 어떤 것을 누리든, 어떤 일로 고통받든 내가 항상 너와 함께했다. 모든 것이 제대로 되었다." 헤르만 헤세 《크눌프》의 이 장면을 읽을 때마다 나는 폭포수 같은 눈물을 흘린다. 내 이름을 넣는다. "자, 흥수야. 이제 그만 만족하거라. 모든 것이 제대로 되었다."

"어떤 일로 오셨죠?" 모르는 사람을 앞에 두고 그렇게 많이 운 건 처음이다. 의사는 휴지를 줬다. 우는 환자가 익숙해 보였다. 나는 우울증, 불안장애를 진단받았다. 약을 처방받고 주기적으로 상담했다. 정신건강의학과 상담. 왠지 어른이 된 기분이다. 어릴 때부터 나는 이곳에 와서 털어놓고 싶었다. 다른 사람의 시선을 신경 쓰지 않고, 비용에 연연하지 않고, 치료를 받고 싶었다.

내가 병원에 간 건 어른이라서, 용기가 나서, 돈이 생겨서가 아니다. 이대로 살 수 없었다. 나는 너무 지쳤다. 아침에 눈을 뜨면 눈물이 났다. 길을 걸을 때마다 눈물을 흘렸다. 한 번 울면 왕창 울었고, 눈물은 멈출 생각이 없었다. 살 수 없어서, 어쩌면 살고 싶어서 병원에 갔다. "하고 싶은 얘기가 있으면 해보세요." 나는 말을 잘 못 했다. 힘든 이야기를 털어놓는 성격도 아니고, 그런 이야기를 들으면 의사도 힘들 것 같았다. 어디부터 어디까지 이야기해야 하나. 이런 내 마음을 알았는지 의사는 말했다. "어떤 말이든 괜찮아요." 그는 차분히 내 말을 기다렸다. "울고 싶은데 울 시간이 없어요. 제 안에 눈물이 쌓인 우물이 있는데, 넘치려고 해요. 그런데 한 번 울면 너무 많이 울어서, 내일 또 일이 있는데, 울 시간이 없어요." "울 시간이 없어서 어떡해요." 그 말에 나는 또 울었다. 첫날부터 오길 잘했다는 생각이 들었다. 의사가 가만히 들어주는 것만으로도 위로가 됐다. 진료실을 나올 때 아주 조금은 마음의 무게가 줄어들었다.

몇 개월 동안 매일 같은 시간에 약을 챙겨 먹고, 병원에 와서 두서없이 울면서 이야기하고, 진료실을 나올 때는 한결 가벼운 마음을 느끼기를 반복했다. "오늘이 마지막이네요?" 의사는 내 얼굴을 보고 치료 종료를 알렸다. 우울에 짓눌린 나는 첫날 회색빛으로 나타났는데, 지금은 밝은 빛이 났다. 눈물 대신 미소를 지었다.

우울증을 치료한 사연을 흥버튼 유튜브에서 이야기한 적이 있다. 백세희의《죽고 싶지만 떡볶이는 먹고 싶어》를 소개하면서였다. 그는 우울증을 치료한 과정을 책에 담았다. 의사와의 상담 내용을 녹음해 생생하게 책에 옮겼다. 죽고 싶다는 말은 내 언어 사전의 금기어였다. 누군가에게 죽음을 상기시키면 슬퍼질까 봐. 힘들어도 그 말을 삼켰다. 그런데 저자는 솔직하게 자신의 이야기를 했다. 그게 나에게 큰 도움이 됐다.

우울증에 관한 책은 오래전부터 읽었다. 나는 그들에게 생명을 부여받은 것처럼 감사하다. 그중에서도 《나는 당신이 살았으면 좋겠습니다》를 쓴 안경희 작가에게 심심한 감사를 전한다. 정신건강의학과 의사로서 조울증을 겪고 치료한 이야기, 약물에 대한 정확한 정보가 담겼다. 나는 이 책을 읽으면서도 울었다. 나는 당신이 살았으면 좋겠다니, 너무 고마운 말이 아닌가! 이들에게 받은 지지와 위로가 나를 살게 했다.

내가 유튜브로 치료 과정을 밝힌 건 나 역시 도움을 받았듯 나처럼 아파하는 사람에게 도움을 주기 위해서였다. 이 글을 쓰는 이유도 마찬가지다. 나는 당신이 살았으면 좋겠다. 당신의 아픔을 위로하고 눈물을 닦아주고 안아주고 싶다. 살다 보면 괜찮아지는 날이 온다. 당신을 응원하는 내가 있다.

한 수강생이 그 영상을 보고 나를 찾아왔다. 자신도 오랫동안 치료를 받고 싶었는데, 어느 병원에 갈지, 가도 괜찮을지, 효과는 있는지 이야기를 듣고 싶다고 했다.

이날 이후 수많은 사람이 나와 비슷한 고민을 오랫동안 안고 있다는 사실을 알았다. 후배들도 연인과 상사 때문에 고통받아 내 앞에 와서 엉엉 울었다. 내 경험이 도움을 줄 수 있어서 다행이었다. 내가 아는 한 정보를 나눴다. 의학 관련 책을 권했고, 그중에서도 자기 마음을 위로하는 책을 쓴 작가가 진료하고 있다면 그 병원에 가보기를 추천했다. 나도 그 방법으로 치료를 결정했다.

고통도 쓸모가 있다. 나를 통해 용기를 얻어 치료를 시작한 사람들이 나아지는 과정을 볼수록 내 아픔은 더는 아프지 않았다. 나만의 고통이 아니라는 것도 위로가 됐다. 아픔은 흉터로 남아 사라지지 않는다. 하지만 흉터는 더 이상 통증이 없다. 그걸 보면 그날 넘어져서 무릎이 까졌다는 정도만 기억할 뿐 아프지 않다. 시간이 지나면 흉터가 없어지기도 하고, 기억이 없어지기도 한다.

시간이 약이라는 말은 이 과정을 아는 사람의 입에서 입으로 내려온 것이겠지. 나는 책을 쓰면서 내 고통이 얼마나 유용한지 놀랐다. 첫 번째 책은 말을 못해서 겪은 나의 고통이 발표를 어려워하는 사람에게 자신감과 용기, 실질적인 도움을 줬다. 두 번째 책은 사람에게 받은 상처를 다정한 언어로 바꾸고, 새롭게 타인을 바라보고 대화하도록 제안해 관계에 다친 사람의 마음을 어루만졌다.

무엇보다 나를 치유했다. 고통, 아픔은 외면하고 싶다. 그런데 치료를 하고 글을 쓰면서 깨달았다. 정면으로 고통의 실체를 마주하는 것의 중요성을. 나를 흔들어 주저앉힌 고통은 여리고 약한 과거의 나에게 통했다. 그러나 단단하게 삶에 뿌리를 내린 지금의 나에게는 안 통한다. 과거는 과거에 존재한다. 현재에 영향을 받지 않기로 선택할 수 있다. 그 과정에서 어느새 성장하고 인내하는 나를 만나는 건 오로지 나만 할 수 있는 일이다.

지금도 가끔 우울이 나를 주저앉히려고 할 때가 있다. 그럴 때는 바닥까지 기분이 가라앉는다. 예전처럼 울적해진다. 그렇지만 달라진 점이 있다. 예전에는 이런 감정을 이상하게 여기면서 피하고 싫어했다면, 이제는 받아들인다. 우울도 불안도 내 안에서 일어나는 감정 중 하나라면 소중히 돌보기로 했다. 따뜻한 시선으로 우울과 불안을 바라봤더니 예전처럼 나를 못살게 굴지 않고 얌전하게 자리를 지킨다. 어쩌면 이렇게 풍부한 감정의 진폭을 느끼는 사람이라면 삶을 더욱 입체적으로 살아갈 수 있지 않을까. 좋은 방향으로 온갖 감정을 다스리면서, 사랑으로 품어준다면 말이다.

이제 나는 고통을 낙관한다. 어떤 고난이 와도 헤쳐 나갈 수 있다. 남들에게 흔히 일어나지 않는 일들이 내게는 연속적으로 일어나는데, 그럴 때면 나는 이렇게 말한다. "대체 얼마나 대단한 사람이 되려고 이 많은 것을 겪을까." 고통은 내게 쓸모로 승화된다. 이 글처럼.

나는 내가 생각하는 것보다 강하다. 크눌프에게 하나님이 말씀하신 것처럼 나는 안다. 내 삶에 일어난 모든 일이 있어서 지금의 내가 있다는 것을. 나를 쓰러뜨리려는 고통이 찾아오면 대범하게 마주할 것이다. 또다시 무너져 땅을 치고 하늘에 대고 울부짖더라도 나는 다시 일어나 앞으로 나아갈 것이다. 선하고 바르게. 그리고 말할 것이다. 모든 것이 제대로 되었다.

삶을 스스로
주도하는 힘

어릴 때부터 샤워 순서가 헷갈렸다. 머리카락을 어떻게 감아야 깨끗할지, 헹굴 때는 고개를 숙여야 할지, 머리를 들어야 할지, 얼마나 헹궈야 말끔히 씻길지, 샴푸가 먼저인지, 몸을 씻는 게 먼저인지. 사람들은 어떻게 씻을까. 대중 목욕탕에 가서 씻는 사람들을 유심히 본 적도 있다.

나는 고개를 들고 샤워한다. 고개를 숙이고 머리를 감으면 화장실 귀신이 나타나 같이 머리를 감는다는 무서운 이야기를 듣고 나서부터였다. 그 후로 고개를 숙이고 머리를 감지 못했고, 부모님에게 배운 샤워 순서는 뒤죽박죽이 됐다. 그때부터 샤워 순서를 궁금해했다. 수십 년 만에 답을 찾았다. 마음대로 씻는 거다. 가장 효과적인 샤워법은 자기가 가장 효과적이라고 여기는 방법이다. 인생은 자기 마음대로 사는 것이다. 남에게 피해를 주지 않는 한.

나는 이런 궁금증이 생기면 머릿속에서 떠나질 않는다. 열두 살 때였나. 다래끼가 나서 안과 수술대에 누웠다. 등에서 찬기가 올라왔다. 눈꺼풀을 뒤집어 칼로 째서 고름을 긁어냈다. 의사는 잘 참는다고 기특해했다. 나는 참은 게 아니다. 얼마나 아파야 아프다고 말해도 되는지 몰랐다. "아프면 왼손을 드세요." 치과 의사는 말했다. '어느 정도로 아파야 왼손을 들어도 되나요?' 어디서나 나더러 잘 참는다고 이야기했다. "홍수는 잘 울지 않는구나. 착하네." 눈물은 언제 흘려도 되는 걸까.

중학교 때 친구가 눈두덩이가 빨갛게 부을 만큼 울고 있었다. "무슨 일이야?" "엄마가 바늘구멍에 실을 못 넣어서 내가 대신 끼워줬어. 엄마가 나이 들었나 봐." 너는 그게 슬프구나. 너한테는 이 정도가 울 일이구나. 친구가 다른 세상을 모르면 좋겠다. 앞으로도 이런 일로 울어. 나는 친구를 지켜주고 싶었다. 그런데 그 마음은 어디로 갔을까. 친구는 커서 대학 시험에 떨어졌고, 입사 면접에 떨어졌고, 그럴 때마다 울었다. 아직도 그런 일로 눈물을 흘리네, 너는.

나는 고통을 못 느끼는 줄 알았다. 운다고 해결되지 않았다. 안 좋은 상황은 격화됐다. 아픔을 모른 체했더니 울음이 나오지 않았고 고통스럽지 않았다. 눈물은 말랐고, 무엇에도 무감했다. 내 안의 무언가 망가져버렸나. "눈물이 안 나는데 이상이 있나요?" 안과 의사는 이상 없다고 잘라 말했다.

"그때 당신은 최선을 다한 거예요." 김혜남의 《서른 살이 심리학에게 묻다》를 읽고 눈물이 터졌다. 나는 최선을 다한 것이다. 안타깝게도 다른 사람의 고통과 슬픔이 먼저였다. 눈물을 참으면서 나의 고통을 외면한 것이다. 참는 것, 내가 할 수 있는 최선이었다. 그때 나는 끝을 바라보고 있었을까. 그것을 희망이라고 포장해도 될까. 아픔의 기준은 없다. 눈물이 나면 울어도 된다. 아프면 아프다고 소리 내면 된다. "잘 참네." 이 말은 타인의 고통을 외면할 때 나온다. 의사는 어린 환자가 울지 않고 참아서 진료하기 편했다. 그의 안중에 내 존재는 없었다.

그날로 돌아간다면 어린 나에게 물을 것이다. "아프지 않니?" 그리고 말할 것이다. "네가 아프면 아픈 거야. 주먹을 꽉 쥘 만큼 아프면 손을 들어. 이를 악물면서까지 참지 마. 그런데 괜찮을 거야. 미리 걱정하지 않아도 돼. 만약 아파도 내가 너의 곁에 있어. 손을 잡고 있을게. 안심해." 고개를 파묻고 있는 어린 나에게 말할 것이다. "어두운 곳에 와 있구나. 네가 있고 싶으면 얼마든지 있어. 괜찮아지면 나와. 나는 밖에 있을게. 넌 안전해."

또 다래끼가 생겼다. 매년 다래끼는 지치지 않고 나타난다. 언젠가부터 안과에선 째지 않고 짠다. 여드름을 짜듯 주삿바늘로 찌르고 면봉으로 고름을 짠다. 농익지 않은 다래끼일수록 여러 번 짜는데 심각하게 아프다. 눈물을 흘리면서 신음한다. 나이가 들수록 아픈 게 서럽다. 참을 수 없을 만큼. 그러나 성인이라는 이유로 또 참는다. "아프죠?" 의사는 달랜다. 내가 어린아이라도 되는 것처럼. 어릴 때 이 의사를 만났다면 나는 아프다고 말하는 사람이 됐을까. 안 아프게 다래끼 치료를 잘한다는 후기를 보고 간 안과. 다래끼의 고통을 아는 동지여, 고맙다. 당신도 덜 아프기를.

아파할 때 다독여주는 사람이 있다. 그가 얼굴도 이름도 모르는 낯선 사람일 때 나는 커다란 감동을 받는다. 어느 겨울 한라산에서 내려온 날, 목욕탕에 갔다. 세신을 하려고 누웠다. 세신사는 내 어깨를 주무르면서 말했다. "스트레스가 꽉 찼네. 속이 돌덩이처럼 무거운가벼. 에라 모르겠다 해버려. 그래도 돼." 그러고는 차가운 오이를 얼굴에 덕지덕지 붙여줬다. 생각지 못한 목욕 순서다. 나는 벌거벗고 누워 오이 냄새를 맡으면서 타인의 친절에서 희망을 본다. 언제부턴가 내 눈에는 자주 눈물이 고이고, 세상이 촉촉해 보인다.

페터 비에리는 《자기 결정》에서 말했다. "행복하고 존엄한 삶은 내가 결정하는 삶이다." 무엇을 선택하느냐에 따라 삶의 방향이 달라진다. 산다는 것은 끝없는 선택과 결정을 뜻한다. 살아갈수록 선택할 일은 늘고, 무게를 더

한다. 주도적인 삶이란 '내 안에 있는 기준을 따르는 것'
이다. 내 삶의 주인임을 느끼는 것은 삶의 방향키를 두 손
으로 꽉 쥐고 있다는 체감이다.

조카 리나가 일곱 살 때 같이 게임을 했다. 리나는 자기
만의 게임을 만들고, 그 세계에서 제왕으로 군림했다. 게
임에서의 역할과 행동, 규율을 자기 마음대로 정했다. 나
는 어린 제왕에게 복종했다. 실수라도 하면 목숨을 살려
달라고 납작 엎드렸고, 일곱 살 제왕은 내게 자비를 베풀
었다. 리나는 어떻게 자랄까. 나도 너와 같았을까. 삶의 방
향키를 끝까지 쥐고 있기를 바란다.

내 인생을 사는 법, 나는 단순한 것부터 시작했다. 일상
의 원칙을 마음대로 정했다. 일단 샤워 순서부터. 처음부
터 끝까지 서서 씻는다. 위에서부터 아래까지 차례로 씻
는다. 운동하고 씻는다. 사소해서 관심을 두지 않은 일상
에 원칙을 부여하는 순간 내 세계가 창조된다. 원칙의 효
용은 단순함이다. 복잡한 삶에 배열이 생긴다. 그러면 빈
자리가 생기고, 중요한 것을 할 수 있다. 여행지를 고를 때
도 내가 가고 싶을 때 간다. 내 마음이 움직일 때, 그것이

최선이고, 가장 합리적인 선택이다. 내가 떠나고 싶을 때 떠난다는 것은 굉장히 기분 좋다. 내 감정은 내가 선택할 수 있다.

인생은 변수투성이다. 변수를 다루러 여행을 가는 것이라고 해도 과언이 아니다. 나라는 사람은 어디를 가도 잘 살 수 있다는 믿음을 얻는다. 이 믿음은 삶의 목적을 이루도록 돕는다. 낯선 세계에서도 주도성을 발휘하는 나라면, 익숙한 세계에서는 더 잘할 수 있다는 확신이 든다. 뚜렷한 목적을 이루는 데 몰두한다. 이외의 일은 중요하지 않아 관대해진다. 한번은 라디오 피디가 녹음실에 뛰어들어와 언성을 높였다. "이렇게 라디오를 내보내면 심의에 걸려요. 이건 완전 책 홍보잖아요."

나는 연말 연초 특집으로 《대화의 정석》 각 장의 제목을 언급하면서 핵심을 알려주는 원고를 작성했다. 책을 읽지 않아도 청취자가 대화를 잘하길 바라는 목적에서였다. 그래서 웃으며 말했다. "그럼 책 얘기는 뺄게요. 내용을 알려주는 게 중요하니까요." 피디는 얼굴이 펴지더니 알겠다면서 나갔다. 그날 나는 스스로 중요한 게 무엇인지 안다면 외부의 어떤 것으로부터든 자극받지 않는다는 것을 체험했다. 이것을 성숙이라고 부르고 싶다.

그리고 또 하나의 원칙. 아픔을 흘려보낸다. 쥐고 있지 않는다. 아픔을 드러내는 것도 용기가 필요하다. 다래끼를 짜는 게 무섭지만, 병원에 가는 것처럼. 추위는 끔찍하지만, 봄이 올 걸 알기에 견딜 수 있는 것처럼. 아픔에도 끝은 온다.

밖으로 꺼내면 몸집을 줄이는 것들이 있다. 속을 열어 보여주어야만 괜찮아지는 것이 있다. 인생의 혹한기 훈련을 끝내고 봄을 맞을 준비를 한다. 내 안에 가둬두지 않고 흘려보내는 훈련을 한다. 그래야 다른 것이 들어올 자리가 생긴다. 이를테면 희망, 친절 그리고 사랑.

인생을 진짜
행복하게 사는 비법

 늘어지고 싶은 날이었다. 조금만 더 잘까. 나는 몸을 일으키고, 운동복을 입고 집을 나섰다. 축 처진 몸은 무거웠다. 천천히 달리면서 몸을 깨웠다. '지금 달리기는 싫지만, 달리고 나면 만족스러울 거야. 스스로 잘했다고 칭찬할걸? 이따 강의하러 갈 거잖아. 달리면 맑은 정신으로 활기차게 수강생을 만날 수 있어. 생각해 봐. 기분이 좋아지지?' 큰 개와 주인이 앞에서 산책을 한다. 나는 그들의 모습에서 나를 발견한다. 내 정신이 내 몸을 산책시킨다.

이 글이 마지막 글이다. 어제부터 아껴놓았다. 가장 맑은 정신으로 글을 쓰기 위해. 마지막 글까지 온다는 것은 독자가 인내심 있게 이 책을 끝까지 읽은 것이고, 끝나는 게 아쉽지만 멈출 수 없어서 읽는 것이다. 글이 재미있어서라고 생각해도 괜찮겠지. 독서의 재미란 피식 웃는 것부터 공감하고, 새로운 이야기에 신선한 충격을 받고, 고민 많고 불안하지만 조금씩 나아지려고 노력하는 작가의 모습에서 자신과 비슷한 면을 발견하고 위안도 받고 영감도 얻고, 나도 잘 살아보자는 마음으로 기분이 좋아지는 감정일 것이다.

나는 당신이 그러길 바란다. 미소를 지으면서 때로는 해소의 눈물도 흘리면서 이 책을 읽기를. 그 생각으로 오늘도 책상 앞에 앉았다. 새벽 5시 45분. 책을 든 당신의 모습을 그려본다. 미소가 나온다. 아침에 침대에서 일어나면서 소리 내서 말했다. "세계적인 소설가가 될 거야!" 이번에는 꿈이 나를 일으켰다. 지금의 글쓰기가 최후의 꿈에 나를 데려갈 것이기에, 나는 꿈을 향하는 여정에 아주 흔쾌히 나섰다.

나는 꿈을 이야기하길 좋아한다. 그 얘기를 하면 가슴이 부푼다. 꿈, 발음을 해보면 미음 받침에서 입술이 모아진다. 그 순간 내 안의 가득 찬 꿈을 만난다. 내 꿈은 미래에 내가 살고 있는 모습이다. 선명한 영상이 펼쳐진다. 실제로 그 모습이 어딘가에 존재하는 것처럼 뚜렷하다. 지금도 이 글 위로 꿈이 펼쳐진다. 영사기를 튼 것처럼. 말하자면 군중이 열호하는 장면이다.

관객은 푹 빠져서 영화를 본다. 내가 쓴 소설을 영화로 만든 것이다. 이미 드라마로 제작돼 세계적으로 인기몰이를 하고 있다. 나는 꽤 재미있는 소설을 쓰는 세계적인 베스트셀러 작가다. 아, 기분이 좋다. 나의 집필 과정은 그날을 대비한 것이다. 나는 강의가 정말 재미있는데, 강의하면서 만난 수많은 사람의 이야기와 이 경험이 소설의 재료가 될 생각을 하면 엄청난 부자가 된 기분이다.

나는 내게 다가올 미래를 준비한다. 가장 이른 시간에 정신이 제일 맑다. 그리고 이 시간이야말로 내게 가장 중요한 일을 한다. 지금처럼 글을 쓴다. 잘 자고 일어나면 정신이 맑다. 글이 얼마나 잘 써질까 기대된다. 초고는 쓰는 것 자체가 중요하다. 운동도 집을 나가기 위해 운동화부터 신으면 되는 것처럼. 글이 쌓일수록 자신감이 생긴다.

나에게 가장 소중하고 의미 있는 글쓰기로 하루를 시작해서 행복하다. 이 글을 쓴 뒤에는 요가원에 갔다가 뜨끈한 순두부찌개를 먹을 계획이다. 돌아와 샤워를 하면 상쾌하겠지. 오후에는 다시 맑아진 정신으로 퇴고에 들어간다. 정신과 손은 바빠지고, 마음은 흐뭇할 것이다. 초고를 다 썼으니까. 삼십여 년의 세월을 돋보기로 들여다보는 시간이었다. 퇴고를 할 때는 줄이고 지우고 고치면서 한 발 떨어져서 관찰한다. 느긋한 오후가 기다려진다.

요즘 나는 행복하다. 행복이 어디 갈까 불안해하지 않고 온전히 받아들인다. 나는 행복할 자격이 있다는 것을, 그 자격은 누구에게나 있다는 것을 알았다. 행복하기 위해서 어떻게 살아야 할지 오랜 기간 숙고했다. 나에게는 그게 지상 최대의 물음이었다. 나는 사랑하는 것들로 이뤄진 삶을 살 때 행복하다. 고요와 다이내믹한 심장박동을, 자연과 있는 그대로의 멋을, 우아한 것과 진실을, 다정과 이야기를, 명석함과 행동을 사랑한다.

그리고 나를 사랑한다. 나를 알수록 나를 사랑하는 마음이 깊어진다. 여기저기 부서진 나를, 그러면서도 앞으로 나아가는 나를, 불안을 짓밟고 올라서는 나를, 상처와 고통을 감싸안는 나를, 꿈을 안고 살아가는 나를, 지금 이 순간의 나를 사랑한다. 사랑은 내 안에서 시작하는 것이다.

　얼마 전에 만난 사람에게 꿈이 무엇인지 물었다. 그는 사랑하는 사람들과 행복하게 사는 것, 오래오래 시간을 함께 보내는 것이라고 했다. 사랑하는 사람이 살아갈 원동력이라고 했다. 나는 그에게 하고 싶던 이야기가 있었다. 요가 선생님이 들려준 이야기다. "잘 지내시나요? 요즘엔 어떤 이유로 여러분은 바쁘게 지내나요? 제 지인은 어머니 때문에 산다고 했어요. 그래서 열심히 산다고. 그런데 어머니가 돌아가시고 무너졌어요. 사는 이유가 외부에 있지 않고, 내 안에 있어야 정말 행복할 수 있어요. 만약 내 안에 이유가 있는데 힘이 들고 버겁다면, 다시 살펴봐야겠죠."

　가족을 사랑하는 것과 가족 때문에 사는 건 다르다. 사랑스럽고 좋은 일이 가득할 때는 함께 있어서 즐겁고 행복할 것이다. 그러나 가족 때문에 산다면 지치고 힘든 날에는 자신이 희생하고 있다고 여길 수 있다. 나 자신을 돌보는 것보다 가족을 돌보는 데 신경을 쓰면 그 탓을 가족에게 돌리는 것이다. 누구도 그러라고 하지 않았는데, 원망하고 슬퍼한다.

나를 먼저 알아야 한다. 살아가는 목적도, 원동력도 내 안에서 출발해야 한다. 지구에 태어나서 살아가는 것은 기적이다. 살아 있는 한 기적을 행할 수 있다. 나로 단단히 존재하고, 스스로 행복할 수 있는 것을 찾으면 인생은 지금보다 더 행복하다. 수강생은 행복해서 내 수업에 자주 온다. 몰랐던 자신을 만나기 때문이다. 좋아하는 것을 왜 좋아하는지, 싫어하는 것을 왜 싫어하는지 안다. 하루에 하나씩 사소한 강점을 발견한다. 여태껏 강점이란 입사 면접에서 타인에게 선택되기 위해 찾았지만, 이제 강점으로 똘똘 뭉친 자신을 발견한다. 그리고 남은 인생은 내 손으로 멋지게 살기로 다짐한다. 어느 누구를 위한 게 아니라 순수하게 자신 안에 있는 힘을 발견하는 기쁨은 세상을 찬란하게 만든다.

우리는 모두 온전하지 않다. 세상 기준으로는 모두 조금씩 비정상이다. 그것을 받아들이면서도 내가 이 세상에 있다는 것, 살아서 숨을 쉬고 있는 기쁨을 자주 느끼고 싶다. 사람들이 손을 잡은 채 사랑을 주고받는 게 일상이 되고, 사랑을 계속 추구하기를 바란다. 이것이 내가 바라는 꿈이다. 그 꿈을 위해 기나긴 여정을 달려왔다. 그리고 앞으로도 달려갈 것이다. 꿈은 반드시 이뤄진다.

삶의 애착, 그것은 사랑이다

'죽고 싶지 않다.' 이 책을 끝마친 아침, 처음으로 이런 마음이 들었다. 생경하다. 죽고 싶지 않은 기분은 이런 거구나. 유치원생이었던 리나는 번개가 무섭다면서, 번개를 맞고 죽으면 엄마 아빠를 못 본다고 죽기 싫다고 했다. 나는 작은 리나의 삶의 애착을 보면서 신기했다. 리나는 고모도 번개가 무섭냐고 묻길래 그렇지 않다고, 만약 지금 번개를 맞고 죽어도 괜찮다고 했다.

"죽어도 괜찮다." 나는 이 말을 자주 했다. 좋아하는 일을 찾아 즐겁게 했고, 나의 말에 귀를 기울여주는 사람들이 있고, 수강생과 독자의 기쁨을 함께 나눴고, 굴곡진 인생을 살았다. 어느 날 나는 이만하면 충분하다는 마음이 들었다. 예전에는 아무리 좋은 것을 가져도, 아무리 사랑한다는 말을 들어도 채워지지 않았다. 그런데 어느새 내 마음은 충만했고, 사랑이 채워졌다. 나는 아주 오랫동안 내 안에서 사랑이 자라나길 바랐던 것이다. 그날 이후로 남은 인생은 선물처럼 주어지는 거라고 여기면서 살아왔다. 그런 내가 이 책을 쓰면서 변해갔다.

어느 날에는 눈을 떴는데, 창문에 비친 내가 여전히 살아 있다는 사실이 반가웠다. 어느 날에는 눈을 떴는데, 무지개가 하얀 침대를 빨주노초로 물들였다. 오늘 좋은 일이 있을 거라고 말해주는 것처럼. 어느 날에는 눈을 떴는데, 완전히 동그란 오렌지색 태양이 우리 집을 강렬한 빛으로 밝혔다. 그 태양은 걱정 말라고 했다. 앞날을 환히 밝혀주는 것처럼 순식간에 안심이 됐다. 바로 그다음 날 아침 눈을 떴는데, 죽고 싶지 않다고 생각한 것이다. 약간은 두려운 마음과 함께. 그런 뒤 곧바로 기분이 좋았다.

나를 이토록 변화하게 한 책이라면 독자에게도 통하겠지, 하고.

여기에 실린 글을 본격적으로 쓴 건 2022년부터였고, 마무리한 건 출간 직전인 2024년 끝자락이다. 지금까지 두 권의 책을 냈는데, 두 권 다 초고를 두 달 안에 끝냈었다. 그런데 이 책은 초고를 쓰는 데만 2년 가까이 걸렸다. 전작은 말하는 방법을 보여주면서 내 이야기를 조금씩 드러냈는데, 이 책은 나의 이야기를 전부 꺼내야 했다. 잠가놓았던 삶의 흔적이 수면 위로 떠올랐고, 잠자고 있던 화산이 폭발하듯이 별의별 감정이 튀어나왔다.

그럼에도 나는 계속 썼다. 아마도 과거와의 조우가 필요한 시점이었다고 생각한다. 어쩌면 지금이야말로 면밀하게 그 시절을 들여다봐야 한다고, 그래야 한 걸음 나아갈 수 있다고, 그것이 내가 할 다음 차례라고 말하는 것만 같았다. 나는 마음이 힘들어서 글을 쓰다가도 도망쳤고, 그러다가도 진실을 마주하면 해방감을 느꼈다. 그때는 몰랐던 사랑의 존재도 이제야 보였다. 그것이 내가 이 책을 계속 쓰는 힘으로 작동했다.

나는 살아서 글을 쓰고 싶다. 사랑이, 나를 더 살고 싶게 한다. 당신과 만나서 이 책에 대한 이야기, 당신의 사랑 이야기를 듣고 싶다. 그리고 사랑하는 사람에게 더 많은 사랑을 표현하면서 살고 싶다. 지금까지 할 수 있는 한 사랑을 표현했다고 생각했는데, 아직 꺼내지 못한 진심이 있다. 그 진심을 확실한 말로 전하고, 눈을 맞추고 손을 잡고 안고 싶다. 내가 사랑하는 사람이 나의 사랑을 확실히 느끼고, 삶을 살아가는 힘을 얻기를 바란다.

사랑을 여기저기 흩뿌리고 싶다. 사랑비. 이 비는 우산이 필요 없다. 뛰어나가 맞고 싶은 비. 이 마음이 리나의 마음과 비슷할까. 나도 죽고 싶지 않다. 나는 살고 싶다. 매일 사랑을 보고, 듣고, 느끼고 싶다. 나는 사랑을 하기 위해서 이 세상에 왔다. 유한한 삶을 무한한 사랑으로 채워갈 것이다. 그렇게 사랑으로 모든 걸 이기고 살아갈 것이다. 부디 당신에게도 내 사랑이 닿기를, 사랑으로 모든 걸 이기기를 기도한다.

사랑은 모든 걸 이기니까요

1판 1쇄 인쇄   2024년 12월 3일
1판 1쇄 발행   2024년 12월 11일

지은이   정흥수(흥버튼)

펴낸이   김봉기
출판총괄   임형준
편집   안진숙, 김민정
교정교열   김민정
본문 디자인   산타클로스
마케팅   선민영, 조혜연, 임정재

펴낸곳   FIKA[피카]
주소   서울시 서초구 서초대로 77길 55, 9층
전화   02-3476-6656
팩스   02-6203-0551
홈페이지   https://fikabook.io
이메일   book@fikabook.io
등록   2018년 7월 6일(제2018-000216호)

ISBN   979-11-93866-21-4 03810

피카 출판사는 독자 여러분의 아이디어와 원고 투고를 기다리고 있습니다.
책으로 펴내고 싶은 아이디어나 원고가 있으신 분은 이메일 book@fikabook.io로 보내주세요.